# Auf halber Höhe

FRANZ WEINZETTL

# Auf halber Höhe

ERZÄHLUNG

Residenz Verlag

Printed in Austria by Welsermühl, Wels
ISBN 3-7017-0334-5

I

Die Wanderkarte; die Ortsnamen, die Wagner daraus vorlas; woran die Mutter sich erinnerte – »Dort haben wir Holz geholt ... dort hab ich öfter gearbeitet, als Mädchen ... dorthin sind wir im Krieg geflüchtet ...«
Die Orte nahe von »daheim«: das Daheimsein als Zeit der Kindheit.
»Damals« – Das kleine Haus auf der Höhe; in der Nähe das Kreuz; die Maiandachten, das Spielen dort. Der Kindertagtraum, Verkäuferin zu werden; dann, während der Schulzeit, gefragt, was sie werden wolle, hatte sie »Wäscherin« geantwortet – »Ich hab nicht gewußt, was ich sonst sagen soll.«
Mit den Eltern, den vielen Geschwistern das Zusammenleben in dem einen Raum. Nachts das Aufschrecken aus dem Schlaf, wenn der Vater und sein Trinkgenosse laut wurden; mit dem glühenden Schürhaken das Wärmen – »Anstacheln« – des Weins. Die Reizbarkeit des Vaters, wenn er getrunken hatte. (»Wie wir Kinder uns dann immer in acht genommen haben!«) Der gefürchtete Schlag mit der Faust auf den Tisch – »Als ich einmal unwillkürlich nach dem Geschirr dort gegriffen hab, hat er mich mit einer Hand vor sich in die Höhe gehoben ... «
Dann wieder eines der Kinder auf seinem

Schoß, und er hielt ein Hauswurzblatt auf eine Verbrennung oder schob es dem Kind zum Zerbeißen in den Mund (der Saft auch als Mittel gegen Halsweh und Husten). »Er hat uns Kinder gern gehabt, aber wir haben folgen müssen!«

Im Zorn hatte er nichts gekannt. Im Krieg, nach der Verordnung, vom Fleisch-›Vorrat‹ einen gewissen Teil abzuliefern: »Die Mutter hat versucht, ihn zurückzuhalten: aber er hat sich das letzte Stück Fleisch auf die Schulter gelegt und dem Bürgermeister dann wortlos vor die Füße geschmissen ...«

Im Ersten Weltkrieg, wie Kameradschaftsbund-Grabredner es immer ausdrückten: »auf Befehl des Kaisers«, in Galizien; im Zweiten, über fünfzigjährig, bei einer der gegen Kriegsende schnell noch zusammengestoppelten Truppeneinheiten für den Verteidigungskampf (und die Flucht in der Unterwäsche aus der russischen Gefangenschaft). – Die Voraussagen vorher, es werde alles nichts helfen, der Krieg werde verlorengehen, sei von Anfang an zu nichts gut gewesen. »Aber die Menschen vertragen die Wahrheit nicht!« Und er war beinahe eingesperrt worden.

»Im Krieg, wenn die Mutter ihm geschrieben hat, das hat er gerade noch lesen können, mit Mühe und Not: und du studierst ... aber er drückt sich nur schwer aus, so wie ich; mir

kommt oft vor, ich weiß gar nicht so wenig; ich meine, ein bestimmtes Wissen: aber ich kann es selten so bringen, wie ich möchte.«
Als das fast tägliche Essen damals am Morgen: heiße Milch mit gerösteten Kartoffeln. Die Kämpfe mit den Geschwistern, war der Mutter etwas übergeblieben beim Kochen; der Tritt einmal in den Bauch der Schwester (die Erinnerung daran »ganz genau«).
Die geliebte Großmutter: »Die immer einen Apfel, ein Stück Brot für uns gehabt hat.« (die hinter der Schürze verborgene Hand, die dann schnell etwas zugesteckt hatte)
Auf dem Grundstück des Nachbarn der Birnbaum; und beim Wassertragen, mit dem Schaff auf dem Kopf, die Seitenblicke, ob schon Birnen vom Baum gefallen wären; in der Dämmerung das Hinunterschleichen. Die Tagträume, sich einmal vollessen zu können, ein schönes Kleid zu besitzen und ein Fahrrad. Mit sechzehn schließlich die Heirat; nach vier Jahren er, das Wunschkind. »Und wegen des Durcheinanders dann ist mir das Halbe durch die Finger gegangen: das Schöne, das man mit einem Kind erleben kann.«
Das Hin und Her zwischen seinem Vater und der von ihm dann bis zuletzt geliebten Frau. Die Mutter: »Gehabt hat keiner was davon.« Die Vorstellung einmal, das Kind »zusammenzupacken«, weit fortzugehen.

Er schaute ihr zu, wie sie den Teig auswalzte, die Äpfel schabte, die Pfirsiche schnitt, Himbeeren und Zimt darüberstreute.
Das Nudelbrett, das im selben Jahr wie er ins Haus gekommen war; er wußte es von dem Ausgaben- und Einnahmenheft, das der Vater damals, während des »Zurichtens« (Hausbauens), geführt hatte. Wegen des vielen Tagewerkgehens hatte sie vorher kaum kochen lernen können; als dann einmal die Mutter zu Besuch gekommen war, die Bitte an sie, einen Strudel zu machen: »Da habe ich es so gelernt.«

Er fragte sie, ob sie fernsehen wolle. – »Nein, ich brauche das nicht.«
Sie setzte sich an den Tisch und nahm ihr Notizbuch aus der Tasche. Bevor sie aufschrieb, was beim nächsten Einkauf zu besorgen war: der Spruch, den sie ins Notizbuch hinten übertrug (die dafür reservierten Seiten). Die Erinnerung dabei an das Sprichwort im Urlaub, »in dem Lokal«, wo sie sich aber nicht getraut hatte, die Worte schnell zu notieren.
Bei der Wanderung damals das Glücksgefühl auf dem Berg, als plötzlich der Druck im Innern fort gewesen war: »Das freie Atmen – am liebsten wäre ich dort bis in die Dämmerung geblieben.«
Nach der einen Woche schon war ihr die Arbeitsstelle so fremd erschienen, daß sie sich

kaum hatte vorstellen können, da schon so lange gearbeitet zu haben: »Daß ich nun wieder Tag für Tag dortsein muß.« (auch samstags und sonntags, ohne einen freien Tag von Zeit zu Zeit; die Saisonarbeit vom Frühlingsbeginn bis in den Winter) »Wie lange arbeiten Sie denn im Jahr?«, der Vorstandsdirektor. Ob nun Urlaub oder »Zeitausgleich« (als Einwand der Mutter), es werde vielleicht eine Zeit kommen, da würden sie Angestellte entlassen müssen, dann würden solche Dinge berücksichtigt werden. – »Ich hab ihn nur angeschaut: und er ist endlich wieder gegangen.« Einmal beim Frühstück: »Früher hab ich nie die Sonne aufgehen sehn, so früh mußte ich ›drinnen‹ sein, so viel Arbeit hat es gegeben.« Und die Heimkehr erst am späten Nachmittag. Bei der Vorstellung, es wäre noch so: »Schade ums Leben! ich käme mir wie eingesperrt vor.«

»Schau!« Und er hockte sich zu ihr. Das beleuchtete Backrohr: ihre Freude an dem neuen Elektroherd; wie lange sie gezögert hatte, sich von dem alten zu trennen – »Den ich mit meinem gesparten Geld damals gekauft hab.« Wie zuvor beim Auto, mit dem sie über ein Jahrzehnt lang fast täglich unterwegs gewesen war (»Es hat mich brav beschützt.«); als sie nach den vielen Jahren zudem auf der neuen Straße hatte zur Arbeit fahren müssen (früher der Waldgrabenweg), war es ihr ganz schwer gewesen: nun konnte sie es sich schon wieder nicht anders denken. Auf der Heimfahrt am Vortag, sie hatte ihn von der Autobushaltestelle abgeholt, über das Holz-Windrad: »Wenn das zur Straße hin steht, bleibt das Wetter schön; wenn es Richtung Wald hinunter zeigt, verschlechtert es sich . . . weil ich es beobachtet hab; ich fahre da nun schon lange genug vorbei.«

Das Läuten des Telefons, und sie fuhren auf.

»Ist die Mutter zuweg?« fragte die Frau. Und die Mutter nannte das »zuweg« nachher ein »Großvaterwort«.

In Gedanken an die Wäsche im Badezimmer: »Ich mag jetzt nicht. Aber einmal muß es ja sein!«

»Was du heute schon alles getan hast!« – »Heut bin ich schon etwas müd, aber sonst, wenn mir gesundheitlich nichts fehlt, arbeite ich gern.« (Einmal, auf der Fahrt zum Bahnhof: »Sollte mir einmal das Im-Haus-Hocken gefallen, werd ich halt das tun.«)

Das schon abblätternde Drehknopfblatt der Waschmaschine: sein Schrecken im stillen über die seit »damals«, dem Zeitpunkt des Kaufs, so schnell vergangenen Jahre. (Die Mutter: »Wie die Zeit verrollt!«)

Die Frau vorher am Telefon: In einem Jahr werde sie ihn schon anders ansprechen müssen.

»Und wenn man mich dann machtlos vor dem immer weiter bellenden Hund stehen sehn wird«, hatte er einmal, einen Besuch erwartend, gedacht, »wird man vielleicht denken, genauso wird er einmal vor seinen Schülern stehen!«

Manchmal das Gefühl von Lebensschwäche, daß es ihn fast wunderte, nicht vom Wind davongetragen zu werden, so widerstandslos kam er sich dann vor, so ohne Gewicht. Für Augenblicke die bodenlose Angst.

Bei einem Vampirfilm einmal das Wohlgefühl: nachts, in dem menschenverlassenen Landstrich, die wilde Fahrt mit der Kutsche, die Rückkehr aufs Schloß, und die Illusion der bald endgültigen Sicherheit, wenn auch nur für das Böse.

Manchmal die Angst, daß er den Menschen, die ihm vertrauten, etwas von ihm hielten, bis zu ihrem Lebensende nicht würde zeigen können, daß sie ihn nicht falsch eingeschätzt hatten, sich nicht irrten in ihm.

Unausgleichbar, wie ihm dann schien, die Differenz zwischen dem ›nur mit Glück‹ Erreichten, wofür er andern dankbar sein mußte, und dem durch eigene Leistung Erreichbaren, den ihm möglichen Verdiensten.

Er wollte nicht ›mehr‹ geliebt werden, von mehr Menschen, sondern der Liebe, die ihm entgegengebracht wurde, mehr, viel mehr entsprechen.

Als die erklärten »Feinde im Innern«: die Trägheit; die Ängstlichkeit; das Vergänglichkeitsgefühl – zusammengenommen ihm von Zeit zu Zeit als das Innerste erscheinend, und ›er selbst‹ jenem Mittelpunkt ausgeliefert, ihm ohnmächtig gegenüberstehend, und das Mitleid mit dem schwächeren Teil (sich selbst), aber auch darauf manchmal die Wut, als wäre er nicht auch jener schwächere Teil gewesen.
Der Tagtraum öfter, noch neunzehn zwanzig zu sein, aber mit dem Bewußtsein, wie es sich seither entwickelt hatte: doch wie viele gab es in seinem Alter mit wenigstens diesem Bewußtsein?!
Das Gefühl immer, zu übertreiben, wenn er jemandem erzählte, es gehe ihm schlecht. Und wenn er weinte, kam er sich eher komisch vor denn als bedauernswerter Mensch.
Wenn er über seine Probleme sprach, nicht selten das Gefühl von Durchtriebenheit. Die Erklärungen zu sich selbst oft nur als ironisch gemeinte Denkmöglichkeiten, aber von den Menschen, die ihn nicht näher kannten, wurden sie ernstgenommen; doch auch für die Freunde die Schwierigkeit, das Ernst-Gemeinte vom Eigentlich-im-Spaß-Gesagten zu scheiden; und die Enttäuschung, wenn sie ihn nicht durchschauten, als wäre es Unaufmerksamkeit und also Lieblosigkeit gewesen.

Sein ständiges Mißtrauen dem Bild gegenüber, das er von sich hatte; der Gedanke, daß er sich vielleicht täuschte, ihm etwas anderes wesentlich an sich erschien, als tatsächlich wesentlich war. Die bedrückende Vorstellung, vielleicht das ganze Leben in solcher Unwissenheit über sich zu verbringen, ohne eine Möglichkeit oder, noch schlimmer, ohne die Fähigkeit, die Wahrheit über sich auch nur annähernd herauszufinden.

Er dachte an den bestimmten Brief, der ihm nun unsinnig erschien, wahrscheinlich hatte der Empfänger sich an keiner Zeile freuen können, vielleicht hatte ihn manches sogar verletzt. »Wenn es dir nicht einmal bei einem solchen Menschen gelingt, dich zusammenzunehmen . . .«, dachte er.

Sein Spott öfter vor andern über sich, im Umgang mit sich zuzeiten der Hohn. Hätte jemand anderer ihn nur halb so herabgesetzt, hätte er es je vergeben können?

Er hatte erkannt, wie wichtig es war, sich zugetan zu sein, und *er* wollte es: aber das Mißtrauen, ob das Innerste es auch wollte. Wann hatte er sich zum ersten Mal mit sich geschämt? Gab es ein Schlüsselerlebnis? oder war diese Überlegung bloß der Wunsch, es so erklären, sich unverantwortlich sehen zu können für die mangelnde Selbstliebe?

Der Wunsch, bestimmte Verhaltensweisen los-

zuwerden, aber sowie er von ihnen abging, das Gefühl, sich damit zu verraten, im Stich zu lassen, und die Umkehr sofort, wenigstens ein kleines Stück: von daher das langsame Weiterkommen? Die Bemerkung der Mutter einmal, daß er sich ruckartig verändere, wie von heute auf morgen – so wie ihm ihr Älterwerden erschien (in beiden Fällen die lange Vorgeschichte im stillen).
Die Mutter: Daß sie ihn nun öfter lachen höre! im Gegensatz zu früher.

Sie zeigte ihm die Löcher in den Hemden des Großvaters, der, fast neunzig Jahre alt, nach dem Tod seiner Frau vor einigen Jahren allein lebend, nichts Neues mehr wollte. So wie er bat, das Grab erst nach seinem Tod neu herrichten zu lassen, weil man es sonst wegen ihm wieder in Unordnung bringen müsse.
In der Schule das Neckwort »Totengräbertochter«. Sie war oft mit ihrem Vater auf dem Friedhof gewesen, hatte dort auch öfter geschlafen, »in dem kleinen Gebäude, wo damals aufgebahrt worden ist«.
Die Zerrung des Vaters einmal im Fuß – eine der Schwestern der Mutter: Fleischhauer und Totengräber würden früh »fußlos«, habe man immer gesagt.
»Dich werd ich auch gleich haben!« – wenn man ihn aufgezogen oder geärgert hatte; oder

auch nur im Scherz, den freilich nicht jeder verstanden hatte.
Dem bestimmten Arzt gegenüber: »Bei Ihnen hab ich mich schon lang einmal bedanken wollen . . .« Und der Arzt, der ihn mit dem Auto ein Stück hatte mitnehmen wollen, hatte gleich wieder angehalten.
Als der Erwachsene beim eigenen Kind, das mit drei Jahren gestorben war, hatte »hineingraben« müssen (das fehlende Geld, das Kindergrab behalten zu können) – die Kinderknochen, die er in der Schachtel zusammengelegt hatte –: »Er hat aufgeschrieen vor Schmerz . . . so schwer ist ihm vielleicht nie sonst im Leben ums Herz gewesen!«
Seine Frage nach ihm, ›ihrem Kind‹: ob er sie viel koste . . . – »Wenn nur etwas wird aus ihm!«
Wie er einmal seine Hand festgehalten und gefragt hatte, wann denn er »sich binden« (heiraten) werde.
Die Mutter: Wenn da die bestimmte Frau sein werde, und er würde ahnen, daß es nicht gutgehen würde mit ihr, er werde sie trotzdem nehmen, wenn das Schicksal es wolle – »Es ist alles aufgesetzt!« – »Wenn es innen nicht stimmt, hilft der schönste Palast nichts!« Und man folge dem geliebten Menschen ohne Zögern, in was auch immer für eine Höhle. »Etwas zu Feines« könne er jedenfalls nicht

brauchen. Und wie oft nach solchen ›Belehrungen‹ das Schmunzeln über sich: »Ich muß dir ja hin und wieder etwas sagen . . .«

Er ging in sein Zimmer, das sie einmal »Käfig« genannt hatte, und die Musik, die er dort hörte, hatte sie als »Klagemusik« bezeichnet.
Ihre Freude über seine Wanderungen im vergangenen Sommer – »Statt daß du immer im Wald umhergehst, nur damit dich niemand sieht.« Reiselust war ihm fremd, lange hatte er sich Menschen, die sie empfanden, unterlegen gefühlt. Nur der Wunsch, mit einem bestimmten Menschen zusammenzusein, hatte ihn bisher dazu gebracht, irgendwo hinzufahren, nicht das bestimmte Land, die bestimmte Stadt.
Dagegen das Wandern, allein, lang schon als Tagtraumvorstellung, auf das umliegende Land bezogen, so weit die Aussicht von dem hoch gelegenen Heimatort aus reichte. Im Jahr zuvor endlich der Entschluß, die erste Verwirklichung.
Das Fortgehen am Morgen, die Rückkehr am Abend; die langgestreckten oder breiten Bögen, vor allem nach Osten.
Die Hügel unauffällig. »Verloren« als Formangabe: langsam an Höhe abnehmend.
Nach dem Gehen im Schatten das Hinaustreten in die Sonne, von der Helligkeit fast ohne

Blick, wieder der Wald, auch als Rastort nach den unbenutzten Bänken in der Sonne oder nahe den Häusern. Öfter der Blick zurück, auf die schon durchwanderten Orte, und auf die Kindheitswelt: die Täler zwischen dem Standpunkt und dort, die ungewohnte Ansicht der so gewohnten Hügel und Dörfer.
Morgens – In der Sonne glitzernd, das taunasse Gras. Die Pfirsiche, wie noch unter die Bäume geflüchtet. Die Obstgartenzeilen als Blickbahnen in die Ferne; die hellgrünen Äpfel von weitem wie Blüten. Auf der Straße die Vogelkirschflecken; ab und zu die Kalkpfeile als Überbleibsel der »Volkswandertage«, die es, von Fremdenverkehrsvereinen und Ortsparteigruppen organisiert, seit einigen Jahren gab. Wo die Wiesenwege in die Straße mündeten, das von den Anhängern oder Schubkarren gerutschte Gras auf dem Asphalt; die Heugrannen und Strohhalme. Am Wegrand die Blumen: deren Namen er zu Hause dann suchte; oder er erfand für sich eigene Namen. Hinter den Häusern, im Morgenwind schaukelnd, die frischgewaschene Wäsche – die Mutter: Früher habe man die Wäsche *vor* das Haus gehängt, als ein stolzes Herzeigen dessen, was man besessen habe (so wie etwas beleibt zu sein als Zeichen von Wohlhabenheit gegolten habe; einer nicht molligen Frau habe damals überhaupt kaum ein Mann nachgestellt).

In der Mittagsstille das Kellertürknarren, kurz ein Tellerklirren, ein Kinderruf; neben den Stallgeräuschen (dem Kettenreiben, Kauen, Stampfen, den Tierlauten) die Fernsehstimmen aus den verdunkelten Küchen ... Über den Straßenkuppen, hinter den Zäunen, den Leitungsdrähten das Flimmern der Luft.
Am Nachmittag wieder vereinzelt Traktoren. In einem der Steinbrüche die Sprengung (als Kindheitserlebnis die vibrierenden Fensterscheiben, die am Waldrand auffliegenden Rebhühner und Fasane); und er hörte das immer ein wenig erwartete Hundegeknurr in ein Caterpillargeräusch und zuckte zusammen. Die Hunde vereint mit dem, was er hatte überwinden müssen vor dem Entschluß, wirklich zu gehen.
Wenn der Himmel sich bewölkte, nie die Überlegung umzukehren: die schon zurückgelegten Wegstücke als Schutz empfindend; wenn erste Tropfen fielen, kein Blick zum Himmel, das Weitergehen, und der Regen hörte auch immer bald auf.
Die Gewißheit, daß er von einem fremden Ort aus mit weniger Scheu ins Land gegangen wäre, um es nach und nach für sich zu erkunden, als vom Heimatort aus ins umliegende Land.
Ihm fiel auf, daß er sich an keinen Tag jener Sommermonate so erinnern konnte wie an die

Tage des Gehens; ja, die andern Tage erschienen daneben wie ausgelöscht. Immer wieder, auf einmal, Augenblicke jener Tage im Bewußtsein. Als Beispiel – Der vom Regen des Vortags noch schlammige Weg vor dem Waldrand: als jener Weg zwischen den Maisfeldern rechts und links (im kaum spürbaren Wind das Rascheln der Blätter, die in der Sonne matt glänzten); die vielen Lachen, und doch da und dort die Erde fest genug, daß er für sich einen Pfad hatte finden können; zurückblikkend die Schrittspuren; nach dem Hügelan die langgezogene Asphaltstraße, nach Osten abzweigend der Wiesenweg zu jenem »Eingang« in den Wald; der Wandernde belebt von der Freude auf den langen Höhenweg und von der nahen Grenze zu dem anderen Landesteil, wo das ihm noch unbekannte Schloß stand. Es war dies eines jener Bilder, denen er sich überrascht zugewandt fand, nachdem er, müde oder bedrückt, mit einer Tätigkeit aufgehört und seinen Gedanken freien Lauf gelassen hatte.

Anders häufig die Spaziergänge in der Stadt (manchmal bis aufs Land): das schnelle Gehen, die Anstrengung, die Verbissenheit, das Einsamkeitsgefühl.

Als er einen Arm in die Höhe streckte, der Lichtwechsel, und er schaute unwillkürlich zur Tür: wie sonst, wenn seine Mutter das Licht

ein- und ausschaltete, um sich ihm, wenn er mit geschlossenen Augen dalag, die Kopfhörer aufgesetzt hatte, bemerkbar zu machen.
Die Mutter über das »Fortfahren«: Sie habe nicht viel davon, vielleicht weil sie nicht damit aufgewachsen sei, habe jedenfalls keine Sehnsucht nach woanders (»Es ist so schön hier!«); oder sei sie zu dumm dafür? und er redete ihr das aus.
Er griff nach hinten zum Regal und zog das Buch heraus, auf das die Hand gerade traf.
Wie hätte es ihn getroffen, hätte jemand ihm die Bücher weggenommen! Die Unlust, sowohl ein Buch herzuborgen, als auch ein Buch zu lesen, das ihm nicht gehörte (tat er es doch, kaufte er fürs Zurückgeben häufig ein neues).
Das bestimmte Wort seiner Kindheit, das er beim Aufschlagen zufällig entdeckte, und es lockte ihn sofort weiter ins Buch; obwohl er von der Arbeit am Vormittag müde war. So müde, daß er nur satzweise lesen konnte; das Gelesene aber kam zu einem größeren Leben, als es sonst der Fall gewesen wäre: die Schwerkraft der Müdigkeit anstelle der Gedankenflucht sonst.
Erst als er die Wörter nur noch wie Torstangen erlebte – das Gefühl, gleich einzufädeln –, stellte er das Buch zurück. (In der Geschichte die Verhaltensweisen der Menschen in der Todesangst: wie hätte er sich verhalten? wäre

er wie gelähmt dagesessen? hätte er sich um den liebsten Menschen, wäre der mit ihm gewesen, noch gekümmert? welches Gelübde hätte er abgelegt? und hätte er, überlebend, es dann gehalten? –)

Manchmal kam ihm vor, daß alles im Grunde genommen einfach war, dann wieder, daß alles äußerst kompliziert war.
Der wirbelnde Staub in dem Sonnenstreifen am Vormittag in der Tenne: die Welt, soweit die Menschen sie kannten, nur so ein flimmernder Staubbereich eines Lichtstreifens von einer der zahllosen unvorstellbaren anderen Sonnen?
Das Verwundertsein im Kreissägenlärm plötzlich über das Dasein dessen, was er da gerade gehört und gesehen hatte, über seine eigene Anwesenheit. Die Unmöglichkeit, sich statt dessen Nichts zu denken. Daß dieses Verwundertsein aufhören konnte, nicht ständig das Entscheidende war!
Das Klopfen an der Tür; die Mutter, die hereinsah: wie das Wort »doppelt« zu schreiben sei; in ihrer Hand verborgen der Zettel, auf dem sie es für sich versucht hatte. Er sagte es ihr. Und sie wünschte ihm eine gute Nacht.
»Wenn einem jemand wirklich eine gute Nacht wünscht«, dachte er, »sollte man gleich schlafen gehen.« Und so handelte er auch.

## 2

Wagner schaute ins Feuer und sah zu, wie die Hefte verbrannten, in die er monatelang fast täglich notiert, was er bei sich und in seiner Umgebung wahrgenommen hatte, und sah den fortfliegenden Aschenstücken manchmal nach, wie um zu prüfen, ob nicht etwas von dem Geschriebenen wieder sichtbar würde.
»Am Nachmittag die Vorlesung ...«, das Blatt rollte sich ein – Nach den kleinen warmen Flecken auf den Händen das Schweißkitzeln auf der Stirn; bis es, selbst nahe dem Fenster, zum Schreiben fast schon zu dunkel war – und, zu den Abendfarben des Himmels blickend, wieder der Tagtraum von dem weithin unbesiedelten Land: mit der Dämmerung, die tagelang anhielt, und tagelang der Sturm, den man mehr hörte als spürte ...
Vielleicht würde er mit den Notizen im Kopf einmal unwillkürlich ins Phantasieren kommen; die Zuversicht nun. Zu anderen Zeiten aber fragte er sich, ob es nicht besser gewesen wäre, er hätte den Gedanken daran für immer aufgegeben.
Traute er sich nur zu wenig zu?
»Wie dein Vater!« die Mutter; wie sonst: »Der gleiche Gang, der gleiche Blick ...« Und: die ständige Unzufriedenheit mit sich, das Minderwertigkeitsgefühl.

Auch der Vater hatte sich zu manchem begabt gefühlt, doch zu nichts wirklich bestimmt; vor allem aber hatte er sich so wenig zugetraut, wie er, Wagner, es noch bei keinem Menschen sonst hatte beobachten können. –
Er schaute ins Feuer.
Die Fotos, auf denen er selbstzufrieden, wie dickleibig davon, dastand; Ferienfotos. Und er wandte sich ab.
Das im Wind vibrierende Gras, wie von Erderschütterungen weit weg: »Von dort her, wohin meine Lebensumstände mich ziehen.« (als »typische Bemerkung« im Kopf)
Er schaute längere Zeit zu Boden und suchte nach einem vierblättrigen Klee, wie nach dem darauf nun verdienten Glück, gab es jedoch gleich wieder auf und setzte sich an den Tisch in der Nähe; legte sich dann auf die Bank und schaute wieder ins Gras – die Halme ragten wie Stangen in die Höhe, und es riß sie im Wind hin und her, aber die Spinne, die sich nicht nur nicht abschütteln ließ, sondern traumsicher von Spitze zu Spitze schwebte und derart ihr Netz baute: »So sollte man schreiben können!« dachte er.
Von der kleinen Kapelle des Dorfes die Totenglocke: für die alte Frau, die wochenlang den Anfang ihres Verwesens miterlebt hatte; und er setzte sich auf. »Sie war dabei, als du zum ersten Mal ein paar Schritte gegangen bist«,

hatte die Mutter erzählt, »wenn ich daran denke, wie viel so ein Mensch mitgemacht hat ...« Der Anblick des toten Menschen für sie auch als Trost: »Wenn der so ruhig daliegt ...« Einmal, auf dem Friedhof, nach bestimmten Bemerkungen des Sohnes: »Die Blumen hat ein jeder hier verdient.« Welcher Mensch könne schon bestehen, wenn man ihn ohne Liebe betrachte.

Wieder der sachte Wind. Die Blätter der Linde, die sich nicht überschlugen beim Auffall, sondern wie von sich aus landeten.

Wenn er unter dem Baum saß und aufschaute vom Lesen: Die Mutter mit Kopftuch und Schürze (wie als Titel eines Gemäldes). – »Daß ich nicht etwas zu Ende führen kann.« Mit dem Schirm, den sie in die Garage hatte tragen wollen, unter der Achsel; um Komposterde zu holen, den Blumentopf in Händen; stehengeblieben bei der Hecke, um einige »Achselreben« zu entfernen.

Oder: Die Mutter mit der Aschenlade im Garten, das Kraut mit Asche bestreuend, um das Ungeziefer zu töten. Aber die Blumen hinter dem Tisch von Mehltau befallen, während er geglaubt hatte, die Mutter hätte auch sie so »behandelt«.

Selten: »Ich weiß nicht, was ich soll.« Oder: »Ich gehe herum, und es wird nichts.« Im Gegensatz zu ihm.

Die Bussardschreie am Himmel – wie damals über dem Schloß, in der Stille um Mittag. Der Aufweg: talwärts die jungen Lärchen, die abfallende Wiese – der Heugeruch –, hügelwärts die verwachsene Böschung; langgestreckt schließlich das Schloß, teilweise bis zum Dach mit Efeu und wildem Wein (»Jungfernreben«) bewachsen.
Das Elend der »Untertanen« in diesem Gebiet in den Jahrhunderten vorher. Die Unsicherheit des Grenzgebietes: immer wieder das Vieh weggetrieben, die Häuser niedergebrannt, die Menschen getötet oder verschleppt.
Der entfernt Verwandte, ein Pater, hatte in den Pfarrarchiven die Familie bis zum Anfang des 17. Jahrhunderts zurückverfolgen können: Kleinbauern (»Bergler«), die nebenbei das Schusterhandwerk betrieben hatten (im Wirtschaftsgebäude in manchen Winkeln noch die Schuhformen aus Holz).
Wären jene Menschen kurz wieder lebendig geworden und hätten gesehen, wie man nun lebte, wie betrogen hätten sie sich vorkommen müssen! Oder war das Elend inzwischen nur von der Art her anders geworden, dem Ausmaß nach aber gleichgeblieben?
Zu den entfernten, damals umwanderten Hügeln im Osten schauend, im Augenwinkel, vom Wald über die Wiese kommend, der Schmetterling: dann der Druck der Katzenpfoten auf den Schuhen.

Wenn die Mutter oder er aus dem Fenster schauten: in einer Astgabel, auf einem Mauervorsprung, zwischen den Ribiselstöcken, unter der Weinhecke, in der Wegspur – die ruhige, ruhigmachende Stelle. Wenn man hinausging, nicht gleich einem zulaufend oder auch nur sich einem zuwendend: das Beisichsein. Die wenigen Bewegungen des Kopfes unauffällig wie die Bewegung der Gräser, wenn sie lauernd in der Wiese hockte. Kam sie aber herbei, das erste Sich-Anschmiegen als Angebot, kein Drängen, und sie rieb sich nicht nur an einem selbst, sondern auch an den Gräsern, Holzstücken, Steinen in der Nähe. Das Alleinsein der Katze, nie aber wirkte sie einsam: wie das andere Haustier, der Hund. Dessen »Seufzen«, und das schlechte Gewissen, daß man sich zuwenig beschäftigte mit ihm, ihn zuviel alleinließ; der Eindruck der Verlassenheit, der Langeweile, der Depression; das unruhige Warten auf irgendein Ereignis, endlich wieder aufspringen zu können; die Schreckhaftigkeit. Wenn der Hund sich im Gras wälzte: als hätte er etwas abschütteln wollen; bei der Katze der Eindruck der Lebenslust. Die Katze, die man bittend rief; beim Hund das Befehlen, Herumkommandieren, und er gehorchte. Zwischen den Tieren aber »der schöne Friede« (die Mutter).

Als er einmal fortgegangen war, die Tiere für

länger alleingelassen hatte, war ihm eher der Hund von der Katze beschützt erschienen als umgekehrt; um sie jedenfalls hatte er sich keine Sorgen gemacht, während ihn der Anblick des Hundes betroffen hatte, fast der Entschluß, ihn doch mitzunehmen oder gar nicht fortzugehen.
Manchmal, wenn die Mutter und er in den Wald gingen, die Begleitung von beiden Tieren: »Die ganze Familie unterwegs.«
Als anderes Bild: Die Mutter draußen am Tisch, die Katze auf dem Schoß. Nach der Arbeit draußen, vor der Arbeit im Haus, kurz das »Banksitzen« – »Die Sonnenstrahlen ein wenig genießen.« Der Kopf auf den Arm gelegt; oder die Blicke zu den Blumen; oder zum Himmel, zu den Wolken (wenn er ihr Fotos von anderswo zeigte, ihr Blick meist nur für die Bewölkung, oder sie ging ihr ab).
Öfter, wenn sie draußen so ausruhte, ging er zu ihr hinaus. Ihr Erschrecken manchmal: »Du gehst so leise, und wenn man aufblickt, stehst du plötzlich da.« (Beim Wandern die Hunde, die ihn nicht gehört und erst gewittert hatten, wenn er schon vorbeigewesen war. In der Stadt, in Seitengassen, bewußt das Räuspern, um die vor ihm Gehenden, sie überholend, nicht zu erschrecken.)

Wenn er zu Hause war, das Aufwecken immer, bevor sie zur Arbeit fuhr: zum Sich-Verab-

schieden; als Erinnerung der am Morgen zur Arbeit fahrende Vater, der am Abend nicht zurückgekehrt war.
Erwachte er aber von selbst, und er hörte die Mutter noch nicht, die Angst, es wäre etwas passiert. Aber bald das Gehen der Zimmertür, die Schritte draußen im Gang, und wenn die Mutter übermütig gestimmt war, die Kinderlaute vom Badezimmer.
Meist das Aufstehen dann mit ihr. Und beim Frühstück seine kleinen Sticheleien: aus Necklust; undenkbar ein echter Streit. Freilich die Notwendigkeit, vorsichtig zu sein, um sie nicht ungewollt zu verletzen oder ihr Gedanken zu machen.
Die Mutter, die gern im Halbdunkeln saß – »Du schaltest immer gleich das Licht an.« Und ihr Blick ein wenig von unten heraus, wie schon auf den Kinderfotos von ihr.
Als Abschiedsgeste legte er ihr dann oft seinen Kopf unter das Kinn, und sie drückte es kurz auf seinen Nacken.

Er hörte auf dem Weg oben Stimmen näherkommen, stand auf und ging ins Haus.
In der Küche nur das Geräusch des Kühlschranks von Zeit zu Zeit, und das leise Knirschen im Holz der Fensterstöcke – in der Kindheitsangst »Schritte draußen auf dem Weg«. Die Mutter: »Wenn du den bestimmten

Blick bekommen, in einen Winkel gestarrt hast.« Wenn sie ihn gefragt habe, was sei – »Nichts.« Nur einmal die Antwort, daß er da etwas herauskriechen sehe, und er habe sich an sie geklammert.
Zwischen Fensterbrett und -stock der Abdichtungsstreifen, wie als schmale Korallenbank.
Als Aussicht hügelan: die Wiese mit den alten, verkrüppelten Bäumen; hinter dem zu ahnenden Weg das Maisfeld, der Acker; auf der Hügelkuppe der Weidenbaum; dahinter der Himmel, die Wolken.
Auf den Fensterscheiben zum Garten die Raupenkriechspuren, von weitem wie eingetrocknete Tropfenbahnen, die im Licht seidig glänzten.
Draußen aufgereiht »die eigenen Tomaten«. – »Sonst warst du um diese Zeit immer fort!«
Im Garten, im Frühling damals: die Mutter mit den Salbeiblättern – »Zum Zähneputzen!« Und sie hatten es ausprobiert: die Feierlichkeit! wie bei Kindern, wenn sie etwas versuchten; und das Lachen danach.
Ihre Freude daran, Ratschläge zu geben: »Wie die Mutter es so gern getan hat!« – Die Melisse (die sie zusammen mit anderen Kräutern am Gartenrand gesetzt hatte): »... ein Tee, den man immer trinken kann, nur müssen die Blätter im Frühling gesammelt werden.« Der Rat, Salz ins Abwaschwasser zu tun: der

größere Glanz – »In den Gasthäusern wird es nicht anders gemacht.« Als Erfahrung: »Wenn ich dem ›inneren Gefühl‹ gefolgt bin, ist es noch immer richtig gewesen.« Oder: »Immer in der Mitte bleiben: nicht zu hoch, nicht zu tief!« (»Der Vater kennt sich aus«, habe der immer gesagt, sie würden noch oft denken an ihn.)

Auf dem kleinen Acker hinter dem Garten der geweihte Palmzweig. Wagner dachte: »Wenn die Mutter nicht mehr sein wird, wird auch das hier für immer aufgehört haben.« Wie oft sein Gedanke an die Zeit, da sie und er nicht mehr dasein würden, so wie sie einmal nicht dagewesen waren; die Vorstellung des Ortes, wo er so dachte, dann: ohne sie, ohne ihn –

Aber als die Mutter von der Zukunft gesprochen hatte: »Jetzt sagst du wenigstens manchmal schon etwas, früher hast du immer nur eine abwehrende Handbewegung gemacht.«

## 3

Während des Mittagsschlafs, nach der Heimkehr von der Arbeit, ihr Traum, an den sie sich dann nicht erinnern konnte, von dem sie aber »freudig« erwacht war, und die Freude wirkte nach.

»Komm!« Die Aufforderung zum Tanzen. Im Radio die Polka. »Damit du es nicht ganz verlernst.« Ihr Lob, er habe eine gute Haltung. »Vierzehn Tage vorher habe ich noch getanzt mit dir.« (Sie meinte: vor seiner Geburt.)

»Manchmal fühle ich mich wie zwanzig. Wenn ich nochmals anfangen könnte . . . !«

Ihr Wunsch dann, weiter Musik zu hören, und er schloß die Tür; aber das Erstickungsgefühl der Mutter, das ›Fast-Umkommen‹, so beengt fühlte sie sich, und sie drehte leise, damit ihn die Musik nicht störe, machte die Tür wieder auf. Darauf sein schlechtes Gewissen, und er drehte wieder laut, ging in sein Zimmer zurück und hörte selbst auch Musik.

Im Radio das Porträt der amerikanischen Sängerin, die vor Jahren an einer Überdosis Heroin gestorben war. Ihre Lieder erinnerten ihn an die letzten zwei Jahre im Gymnasium – als wäre er noch sechsmal in der Woche in die Bezirkshauptstadt an der Staatsgrenze gefahren, den bestimmten Menschen von damals begegnet. Die Erinnerungen an die Spaziergänge allein, im Park hinter der Stadt: in Tagträume und Einbildungen verbohrt; an die, zu denen er (damals) gern gehört hätte. Heimgekommen, ging er noch oft in den Wald, zum Steinbruch hinauf. Die Tabletten, der Wein. Kaum einmal der Griff zu einem Buch. Das Eingekapseltsein, nicht *eine* Freundschaft, ohne daß er ein Außenseiter gewesen wäre; wenn auch eine Mitschülerin später gemeint hatte, er habe »extern« gewirkt, sei im Bus hinten in der Ecke gesessen – »wie eine Spinne« – und habe jedes Wort, jede Bewegung »eingesaugt«. – Die Musik als Ausdruck dessen, was er damals empfunden hatte; nun machte sie ihn bald gereizt, und er schaltete ab. (»Nur jetzt keine Musik!« dachte er manchmal. Ein Zusammenhang mit dem Vater? Das Kind hatte sie jedenfalls wie als Gift für den Erwachsenen erlebt: sie hatte alles Feste in ihm aufgelöst, und es hatte keinen Halt mehr gegeben für ihn auf der Welt. Weil er, Wagner, dazu neigte, ähnlich zu reagieren, blieb er in bestimmten Augenblicken jeder Musik eigens fern.)

Im Fernsehen das Tennisspiel. Nach wie langer Zeit er erst merkte, daß einer der beiden Spieler Linkshänder war: aber wenigstens bevor es der Reporter erwähnte. Während des Spiels einmal

hinausgehend, das Wegjagen des Hundes mit der ›bösen‹ Stimme dessen, dem er den Sieg nicht wünschte.
Dann war schon fast eine Stunde vergangen, und er hatte vorgehabt, nur eine kurze Zeit fernzusehen. Einige Minuten wollte er trotzdem noch bleiben, und er holte sich etwas zum Essen, und dann immer wieder von neuem, wobei zwischen Niedersitzen und Wiederaufstehen kaum Zeit verging, da er die Kleinigkeit schon beim Wegräumen des Brotlaibs und der andern Sachen halb aufaß, und wenn er sich setzte, auch schon fast fertig war damit. – Bis ihn die Mutter rief und bat, er möge ihr das bestimmte Gefäß bringen, und er schaltete endlich ab. Und blieb dann draußen.
Früher war er nicht selten das ganze Wochenende über nicht *einmal* aus dem Haus gegangen, höchstens um etwas aus dem Keller zu holen. Die Mutter: »Wenn du ein Stück Torte willst, ich geb dir das Geld, du mußt sie dir nur oben holen.« (Oben: das Gasthaus – Auf dem Schulweg von Kurgästen öfter die Frage an ihn, ob er das Kind der Wirtsleute sei: weil er, um Auskunft gebeten, so dialektfrei hatte reden können, daß er für sie zu verstehen gewesen war; im Gegensatz zu den anderen Kindern, die, darüber belustigt, daß man sie nicht verstanden, dann oft mit Fleiß noch übertrieben hatten.) –

»Was das für eine Arbeit ist!« Er sah ihr kurz zu. – »Das ist schon so«, sagte sie.

Oben das Haus, von Bäumen und Sträuchern halb verdeckt. Unterhalb des Wegs, im Himbeerstaudendickicht, die Mutter; davor, im Gras, die Katze. Mit ihm mitgelaufen der Hund, der manchmal, wie aus Übermut, plötzlich einen Satz machte.
Wo das Haus stand und von wo er hinaufschaute, da war früher Wald gewesen? wann hatte hier zum ersten Mal jemand gelebt? einen Teil der Wiese »umgebaut« (gepflügt)? zu welchen Herrschaftsgebieten hatte dieser Flekken Land seit der frühesten Zeit gehört?
Die Mulde oben neben der Zufahrt: ob dort einmal ein kleiner Bau gestanden war? – aber die Mutter: Früher habe man die Baumstöcke nicht morsch werden lassen, sondern ausgegraben und zu Brennholz zerkloben.
Unterhalb, bei dem Baum, die Lilien in der Wiese: früher einmal das Wasserloch dort.
Ein Tagpfauenauge zog seinen Blick zu den Haselnußbüschen im Rücken, wo er sich immer das Bogen- und Pfeilholz gesucht hatte als Kind. Die »Wildnis« da und unterhalb davon den Weg entlang, der nicht mehr zu ihrem Grund gehörte.
Er fand ein leeres Schneckenhaus im Gras und nahm sich vor, in dem Naturgeschichtebuch

aus der Schulzeit das Kapitel über die Schnekken, dann das über die Schmetterlinge nachzulesen, wie er es schon lange einmal hatte tun wollen.
Langsam zurückhinaufgehend, außerdem der Vorsatz, die Namen der ihm seit der Kindheit bekannten Apfelsorten nachzuschlagen, wie man sie schrieb, woher jene Namen stammten. (Die Mutter: »Früher hast du eh nie einen Apfel gegessen. Erst heuer . . .«)
Oben angekommen, hatte er Lust, noch eine Weile draußen am Tisch zu sitzen. – An der Stelle des Hausvorplatzes früher »das alte Haus« (die strohgedeckte Keusche). Der Weg: noch gleich verlaufend wie damals. Wo das neue Haus stand, früher der Garten. Neben dem Kirschbaum unten: früher der Keller (wo der Vorfahre, an den er oft dachte, sich erhängt hatte); dann jahrelang die Abfallgrube dort, vor einiger Zeit zugeschüttet – schon die ersten Grasbüschel. Unterhalb des Wirtschaftsgebäudes früher der Stall, dann lange die Weinhecke; nun der viele Holunder.
Das Interesse für die Veränderungen, für die Dinge da: erst seit ein zwei Jahren! und es war ein Zeichen wofür?
Das Gefühl der Geborgenheit zu Hause: nur möglich, weil er als Kind lange woanders gelebt hatte? Wenn er auf der Wiese unten für den Bauern gearbeitet, bei dem er länger als

sonstwo in Kost gewesen war: die Blicke hinauf zum Haus, und die Vorstellung, wegzulaufen, sich dort oben zu verstecken. Als Assoziation jetzt: später seine Blicke zu den Burgen und Schlössern der Umgebung – die einzige Vorlesung, die er im vergangenen Studienjahr regelmäßig besucht hatte: die über Burgenkunde; und er hatte keine Exkursion versäumt.

Er schaute zum Wirtschaftsgebäude, das, noch vom anderen Großvater errichtet, älter war als das Haus; die von Sonne und Regen gebleichten Bretter. Alte Leute hatten ihm den Vater seines Vaters als »fleißig! und sehr gastfreundlich!« geschildert und dessen Freude am Kochen hervorgehoben. Der Vater hatte schon das Essen meist als lästig empfunden; sich nur für ihn, das Kind, einige Male zum Herd gestellt, wenn die Mutter fortgewesen war.

»Die Vertiefungen, die du da hast, wenn du die Hand so hältst«, die Mutter, »im Gegensatz zu mir . . .« – Er hatte die Hände auf den Tisch gelegt und betrachtete sie; fragte sich: Wenn sein Vater hätte miterleben können, wie seine Frau und er, der Sohn, nun über ihn dachten, was sie fühlten dabei, wäre es für ihn die Hölle gewesen?

Unvorstellbar, der Vater hätte noch gelebt; oder wäre, wie nach langer Abwesenheit, zurückgekehrt, wie er, der Sohn, einmal ge-

träumt hatte – und sein Ausruf: »Das ist *mein* Zimmer!« als der Vater zu ihm hatte hereinkommen wollen; vor allem aber die Scham: alles je falsch Gemachte, jedes Versagen wie in der Person des Vaters verkörpert.
Bei einem Amt oder sonst einer Gelegenheit seinen Beruf (»Hilfsarbeiter«) angeben zu müssen, war jedesmal eine Qual für den Vater gewesen. Die (»schön angezogen«, »dem Wetter nicht ausgesetzt«) ihr Geld nicht »mit Krampen und Schaufel« verdienten: zu denen, hatte er sich gewünscht, sollte der Sohn einmal gehören.
Sein Müde-, Erschöpftsein am Abend, daß er manchmal, während er das Mittagessen nachgeholt hatte, jeden Laut des gerade dann spiellustigen Kindes als die Kleinigkeit empfunden, die alles endgültig unerträglich gemacht hatte; doch noch während er dem Kind zugerufen hatte, ruhig zu sein (öfter allerdings die Aufforderung an die Mutter, *sie* solle doch endlich etwas tun, das Kind zurechtweisen oder hinausschicken), das Schuldgefühl, so zu handeln, und der hilflose Blick auf die Seite zu Boden. –
Hätte er nun alles über ihn, den Sohn, erfahren, er hätte ihm von Herzen Glück gewünscht?

Wagner stand auf und ging umher. Im Gras vor der Nordseite des Hauses die Blättchen

von der Färbelung; und die bestimmten, längst fälligen Arbeiten fielen ihm ein (der alte Rauchfang; der im Schlafzimmer der Mutter abbröckelnde Verputz; der Riß in der Mauer auf der Hinterseite des Hauses) – »Wenn du einmal verdienen wirst . . .«, die Mutter.
Als er einmal um das Haus gegangen war, der Schrecken bei dem Gedanken, es hätte sie plötzlich nicht mehr gegeben, und *er* hätte nun entscheiden müssen, *er* wäre für alles da verantwortlich gewesen. – Was alles hätte er erst lernen müssen! wie vieles hätte er nicht länger aufschieben können!
Das Auto in der Garage, wenn die Mutter für länger fortgefahren war (sie bevorzugte bei weiten Strecken immer den Zug); aber er war nur ein einziges Mal gefahren, nachdem er, schon fast vor einem Jahrzehnt, die Fahrschulprüfung abgelegt hatte; und die Bitte an Verwandte, sie möchten die Mutter vom Bahnhof holen, wenn sie zurückkomme.
Wie er seit einiger Zeit immer wieder nachfragte, sich interessierte, als hätte schon ab dem nächsten Tag immer er jene Arbeiten tun müssen; und die Aufmerksamkeit bis zum kleinsten hin, wie dem Aufhängen der Wäsche.
Seit einigen Jahren das Brotbacken der Mutter alle vierzehn Tage: »Beim ersten Mal mit Germ; danach mit dem aufgehobenen Stück alten Teig. Dazu noch das Salz, der Kümmel,

etwas Fenchel; und das lauwarme Wasser, besonders im Winter. Das ist alles!« hatte sie gesagt. Einmal hatte sie gebratene Kartoffeln als Beigabe verwendet, um das Brot dadurch »zügiger« zu machen. Wenn es mit zu niedriger Temperatur gebacken wurde, das Bröseln. – Er sagte sich solche Dinge manchmal wie Schutzformeln vor.

Die Notizen zur Mutter: um sich für später eine Geborgenheit zu schaffen?

Als Kind der Wunsch, früher als sie zu sterben. Seit er wußte, wie schlimm dies für sie gewesen wäre, wünschte er sich allein schon deshalb, alt zu werden. Und die Selbstmordgedanken manchmal? eigentlich jedesmal nur Spiel; keine Todessehnsucht; die Vorstellung, tot zu sein, bloß als hysterische Reaktion im Zorn: schon als Kind.

Die Tagträume oft, er würde nicht einen Beruf ausüben müssen, sondern bis zuletzt nur so dabeisein können; für sich bleiben können bei einem gleichzeitig anderen Lebenslauf, der die Mutter gefreut hätte. Und als anderer Tagtraum seit der Kindheit: berühmt zu sein wie nur jemand und doch allen unbekannt.

Wie er wieder von sich forderte, endlich die Muster zu erkennen, nach denen er lebte, auf die er eingespielt war. Was übersah, überhörte er immer wieder willentlich, ohne daß es ihm bewußt war?

Der Gedanke manchmal: »Jetzt könnte ich wütend sein . . .« (oder neidisch, eifersüchtig und so fort) War er es nicht oder kaum: das Mißtrauen, ob er es nicht unterdrückte. Oder wie es manchmal schon genügte, daß ihn jemand, den er mochte, plötzlich nur mit dem Nachnamen ansprach: und schon fühlte er sich vor den Kopf gestoßen, nicht nur von dem bestimmten Menschen, sondern so, als hätte jener andere im Namen aller Menschen und Dinge gesprochen. Und die Freundin manchmal: »Du, ich erschieß dich noch!« (nicht gereizt, sondern hilflos). Oder der Ausruf: »Mach mich nicht ganz fertig!«

In dem Buch über diesen Landesteil, das er sich vor einiger Zeit gekauft hatte, auf der Innenseite des Buchdeckels und der gegenüberliegenden Seite des Deckblatts die Reliefdarstellung der Landschaft: sein Wunsch seit langem, sie, bis zum Horizont, im kleinen so überblicken zu können. Hätte er nur auch sein Leben bisher wie eine Landschaft an Hand einer Reliefkarte überblicken und so alles im Zusammenhang sehen, die »Ursachenketten« verfolgen können!

Die Mutter: »*Eine* Frau wird dir schon bestimmt sein; bei der du hängenbleiben wirst . . .« Oder würde die Angst vor einem Familienleben mit der Frau, die ihn lieben, die er lieben würde, auf jeden Fall stärker sein?

»Hätte ich Schuhe gehabt, ich wäre nirgendwo anders gewesen als bei Dir!« hatte der Vater vor drei Jahrzehnten an die Mutter geschrieben. »Bild, sprich, wenn die Erinnerung schwindet!« (seine Zeilen auf dem ersten Foto von sich, das er dem sechzehnjährigen Mädchen, während des ersten Verliebtseins, geschenkt hatte) – Und wie es dann für sie und für ihn miteinander gewesen war!

Die Briefe vom Vater, zusammen mit den anderen »persönlichen Dingen«, in dem kleinen Koffer unter ihrem Bett. Das Heiligenbildchen, das sie ihm einmal, nach dem Durchsehen jener Dinge, geschenkt hatte – »Die Gottesmutter: vielleicht hilft sie dir!« Ein anderes Mal das in dem Wallfahrtsort geweihte Geldstück der Klosterschwester, das sie als Trinkgeld bekommen und ihm weitergegeben hatte: »Als Glücksbringer!«

Für sie war der Glaube »auf jeden Fall ein Halt«, der einen davor bewahrte, »ein Wildling« zu werden.

Als er einmal das »Gegrüßet seist Du, Maria« in ein »Gegrüßet seist du, Mutter« umgewandelt hatte – »Bringst du es überhaupt zusammen?«

»Ist das so wichtig?«

»Ja! das gehört auch zum Menschen!« –

»Bete ein bißl für mich mit!« sagte er öfter, wenn sie im Winter, da sie Zeit dafür hatte,

›Kirche ging‹: wobei er jedesmal so tat, als hätte er es nur halb im Ernst gemeint – damit sie sich keine Sorgen machen, nicht darüber nachgrübeln würde, welch geheimer Kummer ihn wohl veranlaßte, so etwas zu sagen.

4

Am Abend die Rückreise in die Stadt; mit der Mutter die Fahrt zum Bahnhof. –
Vorher das Bügeln der Wäsche für ihn. In der Stadt einmal als Selbstvorwurf, während er sich umgezogen hatte: »Da hat dir die Mutter am Wochenende wieder die Wäsche gewaschen, und du verschwitzt sie nun wieder: bei deinem nervösen Umherrennen.«
Zum Mitnehmen: die Dose mit dem Bruchzwieback, die Fruchttee-Aufgußbeutel, das Stück Käse, die Wurst, die Äpfel; der noch warme Viertellaib Brot – wie immer das gewisse Stück mehr, als er ihr angesagt hatte; aber er hatte es schon mit eingerechnet gehabt.
Ihre Hinweise und Tips, und sein Zuhören: und es freute sie, daß er sich etwas sagen ließ.
Das Zurückblicken dann von der Straße drüben zum Haus: daß er gerade zu jenem Flecken Land gehörte! (Der Urgroßvater, väterlicherseits, der »hierhergeheiratet« hatte – damals sei da nur eine »Schaf-Hütte« gestanden! hatte seine Schwiegertochter, eine Schwester der Mutter, erzählt.)
Als die Mutter, jene Schwester besuchend, zum ersten Mal da hergekommen war (damals noch ihre »Gretl-Frisur«: die Zöpfe auf dem Kopf zusammengedreht) – »Dort würd ich gern

leben«, habe sie gedacht, »so schön allein.« Das kleine Haus auf halber Höhe des gegenüberliegenden Hügels. Ohne den jungen Mann dort schon zu kennen.
Wenn es nur jemanden gegeben hätte, wünschte er sich manchmal, mit dem er da schon als Kind befreundet gewesen wäre! dem das alles da so lieb und wichtig gewesen wäre wie ihm. – Über das Land hier blickend, öfter sein Gedanke: »Eines Tages wird das alles verschwunden sein, sich eine ganz andere Landschaft hier erstrecken.«
Und überall, nicht nur hier, die fragende Stimme im Innern: »Und wie wird es hier in vierzig fünfzig Jahren aussehen? und was wird mit uns dann sein?«
Für eine der Frauen, die er mochte: Zukunft als Vorstellung einer Zeit, da die Natur völlig zerstört sein würde. Bei ihm hingegen: alles vom Gras überwachsen; die Erde als eine menschliche Gegend, wo er sich hätte wohlfühlen können, hätte er noch gelebt; keine Menschen mehr, aber aller Stahl und Beton von der Natur vergessen gemacht.
Während die Mutter sich auf das Autofahren konzentrierte – »Heut fahr ich gern«, hatte sie gesagt –, schaute er schweigsam hinaus.
Er war als Kind so ruhig gewesen, daß viele sie beneidet hatten. Als für eine Feier einmal alle Verwandten zusammengekommen waren:

»Du hast die andern Kinder immer so angeschaut, als hättest du nicht recht gewußt, was sie wollen von dir.«
Vor einiger Zeit, nachdem sie etwas erzählt hatte von sich (sein Zuhören, das ihr wohltat: die meisten fielen ihr nach ein paar Augenblicken ins Wort und redeten dann nur noch von sich selbst), teils vorwurfsvoll, teils mit Achtung für seine Verschlossenheit: »Aus dir kriegt man ja so sowieso nichts heraus.« (Ein anderes Mal, über sein Verhalten früher: »Du hast kaum einmal ein Wort gesagt, geschweige denn etwas erzählt.«) –
Er dachte die Neubauten immer wieder weg. Nichts wirkte so tot in der Landschaft wie die wuchtigen Balkone und Dächer: Nachahmungen von Formen, die anderswo entstanden waren. Und das Eternit: er hatte Ziegeldächer lieber – »Aber praktisch ist es«, hätte die Mutter gesagt.
Zu Hause: »Der wird halt wieder morsch.« Billiger, haltbarer der Plastiktopf für den Zitronenbaum. Oder der abblätternde Lack der Fensterstöcke: und ihr Wunsch und Plan, sie gegen solche aus Kunststoff auszuwechseln.
Er betrachtete im Innenspiegel ihre Augen; vorsichtig, sie sollte es nicht merken.
Sie hatte ihm einmal erzählt, daß sie fünfundzwanzig gewesen, als sie zum ersten Mal mit dem Zug gefahren war. Kaum in der Stadt, das

Heimweh. (»Aber dich machen so Fahrten wahrscheinlich nicht mehr nervös.«)
Nach einem Seitenblick zu ihm: »Nun wirst du dir doch einmal ein neues Paar Schuhe kaufen müssen.« Sie hatte ihm schon mehrmals Geld dafür mitgegeben, doch er hatte es jedesmal für Bücher verwendet. »Vielleicht halten sie noch so lange ...«, sagte er, ließ, wie oft, den begonnenen Satz unausgesprochen, und dachte: »Bis es ganz aus ist mit mir.«
Die Mutter, wenn er so redete: »Hör dir das an!« Und ihr Auflachen manchmal (wie vor einigen Tagen – Seine Bemerkung: »Die Leute haben gar nicht so viel gelacht über mich.« – nach der gewissen Arbeit im Dorf. Die Mutter: »Das müßte man drüben ›aufplakatieren‹!« Drüben: im Dorf, an der Ecke zum Feuerwehrteich.)!
Er schaute hinaus. Sein Gefühl, zu den Menschen zu gehören, die da lebten.
Die Bauernhöfe und Dörfer: noch unentdeckte Bereiche; voll Leben, mit dem Besten und Schlimmsten in eigener Form.
Die Mutter, wie im lauten Selbstgespräch: »Es schaut nach Regen aus. Da richtet sich etwas zusammen.« Die »Regenwurzen« im Westen am Himmel; und: »Mein Sodbrennen schon den ganzen Tag.« – als zwei der vielen anderen Vorzeichen, die für sie maßgeblich waren: von den Kopfschmerzen, den in den Kredenz-

schränken sich lösenden Hafthaken, dem »Regenvogel«, dem Hund, der in der Wiese stand und Gräser kaute, bis zu dem bestimmten Telefongeräusch (wie von einem Teich nachts in der Nähe). Das Krähen der Hähne am Tag, das wolfsartige Heulen des Hundes am Abend: der vorauszusehende Wetterumschwung – »Entweder wird es kälter oder wärmer.« Wenn sie sich »ständig« die Augen reiben mußte, als wären ihr die Dinge wie Grashalmspitzen in die Augen gehangen: »Es kommt ein Gewitter.« Oder das Kribbeln in den Zehen: »Übermorgen schneit es.« Oder im nachhinein: »Deshalb hat mir das Knie gestern schon so weh getan.« Die Nachbarin über sie: Wenn sie den Rasen mähe, habe es noch fast jedesmal geregnet am nächsten Tag. Die Mutter: »Weil ich es spüre.« An ihrem Arbeitsplatz der Glaube an sie als »Wetterprophetin«, was ihr gefiel, und sie erzählte oft davon.
Vor einiger Zeit der Jahrmarkt in der kleinen Stadt, und die beiden Einkäufe der Mutter: der Pullover mit den fest abschließenden Ärmeln und die schon lang gewünschte weiße Bluse. Die Kombinationen, die sie ihm vor dem Fortfahren schnell noch vorgeführt hatte – »Geht das so, oder hat es anders besser gepaßt?« Einmal stolz: »Das hatte ich mir schon vorher so ›ausgeschätzt‹!« (und ›so‹ hatte sie sich dann für die Fahrt mit ihm angezogen:

»Damit du dich nicht schämen mußt mit mir.«)
Bevor er ausstieg, drückte die Mutter nochmals seine Hand – das gewisse Festhalten von innen heraus –; und er sagte: »Danke!« Sie, verwundert: »Wofür?«
»Für alles!« (zu verlegen, um ihr dabei in die Augen zu sehen)

5

Im Zug – Im Nebenabteil das Gespräch der beiden älteren Frauen über das Leben mit Kindern, deren Entwicklung, die bestimmten Erlebnisse mit ihnen. Und der Sehnsucht nach einem Kind wieder gegenüberstehend, spürte Wagner die Angst vor all den Schwierigkeiten, die damit verbunden gewesen wären, den Widerwillen auch vor all der Unbequemlichkeit, den Wunsch, allein (und auch: Kind) bleiben zu können, aber vor allem das Gefühl von Lebensschwäche: als bloße Ausrede vor sich selbst? Trick der Trägheit seit über einem Jahrzehnt?
Jedenfalls der Gedanke, der Mutter gegenüber verpflichtet zu sein, kein »Sonderling« zu werden, sondern »ein normales Leben« zu führen (also eine Familie zu gründen, und so fort). Bei Zukunftsvorstellungen manchmal ihr Zusatz: »Du, oder deine Kinder.«
Die Frau, die er, nach fast einem Jahrzehnt des Nichtwiedersehens, besucht hatte: »Ein Kind zu haben, kann man sich erst vorstellen, wenn man jemanden kennt, von dem man sich ein Kind wünscht.« Wenn sie nachts aufwachte, ihr Gedanke: »Da weint ein Kind: *mein* Kind!« Und er hatte zu ihrem nach den Krämpfen erleichtert atmenden Mädchen gesehen und beide lieb gehabt.

Er komme ihr nun »gefestigter« vor, hatte die Frau gesagt. – Spätnachts dann, allein auf der Vorstadtstraße, das Freiheitsgefühl; auch im nachhinein, auf die vergangenen Jahre bezogen. Sie erschienen immer idealer als Möglichkeit, bestimmte Dinge zu tun, aber der Vorwurf sich gegenüber, jene Zeit zum größten Teil schlecht genützt zu haben. Doch wie immer er in diesen Jahren gehandelt hatte: hatte er es letztlich nicht doch willentlich getan, wenn auch oft nur mit dem Willen, etwas anderes ›lieber nicht‹ zu tun?

Die Vorstellungen immer öfter, schon beim Aufstehen am Morgen, am Tag, oder abends, vor dem Einschlafen: schon in der Schule zu stehen, so oder so zu handeln, dies und jenes zu sagen; Vorstellungen, in denen es ihm gelang, ein nicht allzu schlechter Lehrer zu sein, statt daß er sich das Unterrichten so schrecklich wie möglich ausmalte, wie die Jahre vorher – bloßer Selbstschutz, der mit dem ersten Schultag zusammenbrechen würde?

Die Furcht manchmal, seit längerem unbewußt irgendeine Krankheit vorzubereiten, die ihn ›gerade noch rechtzeitig‹ wegholen würde.

Im Gespräch mit der Freundin am Telefon die kleine Pause, und dann aus dem Innersten kommend, was er sonst vor jedem versteckte. – »Die große Zeit steht uns noch bevor!« Und er hatte gedacht: »Ach, wenn wir wüßten!«

»Was soll man von einer Welt halten, in der es *mich* gibt?!« hatte er einmal gemeint: und ihre Herzens-Wut! – »Träges Teigbündel du!«
Sein Geschenk für sie: die beiden kleinen Agaven, die eine geknickt. »Nun ist mir die ganze Woche verdorben«, hatte er gesagt. Die Mutter: »Das würde mich nicht wundern, wenn du gleich umfällst wegen dieser Kleinigkeit.« Und seine spaßhaften Bemerkungen, um ihre Worte abzuschwächen.

Wenn früher im Zug die Plätze in seiner Nähe freigeblieben waren: als wäre er gemieden worden; niemand, der Lust bekam, sich zu ihm zu setzen; und solche Einbildungen mehr.
Doch wenn er hin und wieder das Gefühl hatte, daß niemand ihn ernst nahm, ernst nehmen konnte: welche Argumente?
Kam es mit jemandem, den er mochte, zu einem Konflikt, immer sein Selbstvorwurf, allein schuld daran zu haben. Der Ärger über sich; die Niedergeschlagenheit. Als übliche Vorstellung dann, für lange wie verschollen zu bleiben. (Aber bei der ersten Helligkeit in der Seele: sofort das Zugehen auf die ihm liebsten Menschen.)
Als wiederholte Vorstellung: wie es hätte sein müssen, jemandem allein gegenüberzustehen, der, drohend und höhnend, auf ihn zugekommen wäre; die Unmöglichkeit, auszuweichen,

zu fliehen – hätte er vor allem die Stärke des anderen gefürchtet? oder vielmehr, die eigenen Gefühle zu zeigen? Das Gefürchtete: das Ersehnte?
Im Traum ging er an dem bestimmten Haus der Kindheit vorüber und sah dort die leise miteinander redenden Männer, und er kam zuerst vorbei, ohne entdeckt zu werden, mußte aber auf dem Rückweg durch das Haus gehen – und plötzlich war er vor ihnen gestanden: die Witze darüber, daß er da durchging; jemand, der spöttisch-leise »Hilfe« rief: und der Schlag, als wäre er von einer Eisenkugel getroffen worden; als Zeitungszeilen vor dem Aufwachen, daß die andern dann noch auf ihn eingetreten hatten, der bereits tödlich verletzt am Boden gelegen war.

Bei der einen Unterrichtsübung der Wechsel zwischen Führen und Geführtwerden; wie er, zuhörend, zwischendurch auf sich vergessen hatte und sich immer wieder einen Ruck hatte geben müssen, etwas zu tun, das Gespräch zu lenken; seine »Faszination« (eine Kollegin), wie sehr die Kinder von ihm hatten gehört werden wollen, und beim Ansehen des Videofilms hatte er sein Zuhören selbst anziehend gefunden, fast magnetisch; er hatte so konzentriert ausgesehen, wie er nie geglaubt hätte, aussehen zu können. Seine bestimmten Handbewegungen, wenn er selbst etwas hatte sagen wollen: wie bei einem Prediger oder Redner, der dem Beifall sanft Einhalt gebieten will, um weiterreden zu können; und er schmunzelte für sich.

Bei der anderen Übung hingegen bald das Versagensgefühl; das »Nein« des einen Mädchens zu dem Vorschlag, den er nur zaghaft gemacht hatte, und sofort sein Gefühl, diesmal insgesamt gescheitert zu sein – »Das Wort ›scheitern‹ für diese kleine Sache«, dachte er –, jedenfalls hatte er nicht versucht, sich durchzusetzen, sondern gleich so resigniert, als wäre ihm im Grunde genommen von Anfang an nichts gelungen, und er hatte abrupt aufgehört. (Die Mutter: »Wenn ich einen Fahrfehler gemacht hab, möcht ich jedesmal am liebsten aussteigen und mich an dem Tag nicht mehr ins Auto setzen; bis ich das wieder etwas vergessen hab.«) Zu seiner Überraschung bei der Besprechung später die Verwunderung der andern; und er hatte sich in der Videoaufzeichnung kaum wiedererkannt: seine Zuwendung, das Interesse der Kinder – wie anders war ihm alles erschienen! Und wie oft geschah es wohl, daß er meinte, den oder den Eindruck zu erwecken, und tatsächlich wirkte er ganz anders auf die Menschen um ihn! Auffallend wieder der Wechsel zwischen Führung und Wie-Nichtdasein: nur die Zeit des Über-

legens? die Denk-Langsamkeit? oder war er zeitweise wie gelähmt von dem Gefühl, daß das alles (wie alles andere auch) eigentlich für nichts war? oder einfach nur das Zuhörenkönnen?
Als man die Angst des Lehrers in einer Gruppenarbeit zeichnerisch hatte darstellen sollen, hatte er nur einen Lehrer gezeichnet, andere nur Schüler; sein Lehrer als Strichmännchen im Gegensatz zu den robust gezeichneten Schülern der andern; die beiden Denkblasen zugleich als übergroße Ohren, als Zeichen der Scham.
»Typisch«, hatte jemand gerufen und die Art gemeint, wie er sich den Kindern vorgestellt hatte. Die Schwächen hervorzukehren: nur als Trick, wie die andern gemeint hatten, Sympathie zu erwecken? (gleichzeitig um von den wirklichen Schwächen abzulenken?)
Schrieb ihm jemand eine gute Eigenschaft zu, die er auch selbst glaubte zu besitzen, das Abschwächen; hätte er sie gern gehabt, oder so sehr, wie vermutet wurde, wie aus Bescheidenheit das Schweigen, oder die zögernde Zustimmung: wenn er sich nicht gerade überhaupt alle guten Eigenschaften absprach. Oder er konnte auf die, welche er, wie er dann wieder überzeugt war, doch besaß, nicht stolz sein, weil er dachte, daß er sie ja von Natur aus hatte, nicht eine einzige Überwindung, so weit er sich

erinnern konnte, war notwendig gewesen, *so* zu sein.
Seine Neigung – seit wann? seit je? –, wenn ihm etwas mißlang, die Gründe allein bei sich zu suchen, daß er sich für allein verantwortlich erklärte, nicht auch den anderen oder gar eine Institution, eine Struktur, die Gesellschaft. Bei jedem sonst ließ er es als Erklärung und Entschuldigung gelten, für sich hatte er einen anderen Maßstab. Ihn hatte zum Beispiel noch nie beschäftigt: die Universität als staatliche Institution mit bestimmtem gesellschaftlichem Hintergrund, sondern immer nur, was ihm da geglückt oder nicht gelungen war – es war das eine eingefleischte Denkhaltung, die ihm erst in letzter Zeit bewußt geworden war. Während andere immer nur anderen die Schuld gaben und sich als Opfer sahen, empfand er sich stets als sein eigenes Opfer, wobei er sich freilich von dem in sich, dem er immer wieder zum Opfer fiel, distanzierte, als wäre das nicht eigentlich er gewesen. Konnte man sagen, daß er bisher die Außenwelt, ohne sich dessen bewußt zu sein, allein im Innern bekämpft hatte? welche Kraft verlangte er da von sich?

Manchmal erschien ihm alles, was ihm durch den Kopf ging, als etwas, das er sich in den vergangenen Jahren so eingeredet hatte, daß er bis zuletzt von der Wirklichkeit – von der

Wahrheit – abgeschnitten sein würde. War das zum Teil auch eine Hoffnung? Wie er alles, was er tat und dachte, immer gleich zu interpretieren versuchte, wobei ihm oft mehrere Möglichkeiten hintereinander einfielen, und je ausgefallener die Deutungsmöglichkeit war, desto mehr neigte er dazu, sie als die am ehesten gültige anzunehmen. Dahintersteckend der Wunsch, etwas Besonderes zu sein?

Der Zug hielt: und eine junge Frau kam in den Waggon, fand auf der diagonal ihm gegenüberliegenden Bank den von ihr Gesuchten. Wagner hatte gleich die Goldspuren in ihrem langen Haar bemerkt, das so gut zu den braunen Augen mit den bräunlichen Schatten paßte; die Mundwinkel waren ein wenig nach unten gezogen, halb wie aus Traurigkeit, halb wie wenn man ein Lachen verhält.

Wie er sie sich unwillkürlich aus dem Landstrich vorstellte, wo er im vergangenen Sommer gewandert war.

Die erträumte Frau: daß sie nur das Gute von ihm gehabt hätte, aber zudem alles, was ihm seit je abgegangen war an sich. Er wußte, es war kindlich, und doch stellte er sich die Frau, die er noch nicht kannte, immer ein bißchen so vor.

Der andere, Student wie er, er sah es am Ausweis, sprach so leise, daß die Frau sich immer wieder zu ihm beugen mußte, um ihn zu

verstehen. Der wäre wohl lieber allein gewesen mit ihr. (Es erinnerte Wagner an sich selbst.) Während sie dann den Brief las, den er ihr mitgebracht hatte, statt ihn ihr eigens zu schicken: die Haarspitzen, die sich in ihrem Atem bewegten – Wagner lief es kalt den Rücken hinunter; wie er es seit je erlebte, wenn er jemanden etwas zeichnen sah, oder jemand sich sonst einer Sache ganz zugewandt hatte: lesend, schreibend, betrachtend ... (Wenn ihm das Betrachten gelang: die Geborgenheit wie seit je und für immer; alles Schwere, jene Augenblicke lang, entmachtet; die Erinnerung daran: etwas, das half, weiterzuleben.)
»Ach geh«, sagte die Frau, »verbring deine Zeit doch besser!« (sie meinte: »als mit mir!«) Und Wagner hörte den anderen seufzen. Es gab sicher die richtigen Worte darauf, doch ihm wären sie jetzt auch nicht eingefallen; höchstens nach einigen Tagen: da man sie nur noch unernst hätte aufsagen können wie ein irgendwo entdecktes Aperçu.
Nach einem längeren Schweigen – Er, wie etwas zitierend: »Und was müßte jetzt geschehen, daß du dich erlöst fühlen würdest?« – »Ob es mich erlösen würde?« Sie zuckte die Schultern. »Ich weiß nicht. Schön wäre es auf jeden Fall.« Ohne daß sie es nannte; sie fragte auch nicht, wonach *er* sich gesehnt hätte, und er rückte auf dem Sitz zurück und senkte den

Kopf; dachte wahrscheinlich: »Was fragst du auch so?!«, suchte weiter nach etwas zum Reden. (Die Mutter über den Vater: »Er wußte oft nichts zu reden ... oder er hatte gar keine Lust dazu, hatte aber das Gefühl, er müßte mich unterhalten, und es war ihm elend zumut.«)

Der »alte Mann«, wie er sich vorher einmal genannt hatte, schrieb schließlich etwas auf einen Zettel und legte ihn ihr in das Buch, in dem sie hin und wieder las; und sie hob es dann hoch, wie um es ihm an den Kopf zu werfen; ihr stilles Lachen dabei: sie schien den anderen doch gern zu haben.

Sie erinnerte Wagner an eine Frau, von der er sich einmal gewünscht hatte, sie wären Freunde geworden; ihr Tagtraum von einem Leben mit einem Kind auf dem Land; daß ein Kind vieles zum Guten gewendet hätte – bei ihm dieselbe Hoffnung; wie auch dieselbe Angst: daß das Kind nicht anders werden würde, als man selbst war.

Sie, und die andern Menschen, die er früher öfter oder viel gesehen hatte: immer war er es gewesen, der angerufen, sich um ein Treffen bemüht hatte; dann der Entschluß, darauf zu warten, wer von sich aus versuchen würde, ihn zu erreichen – und die Überraschungen, und Enttäuschungen. »Die andern wissen eben schon alles von mir«, dachte er manchmal,

»und erwarten sich nichts Neues, und das Immergleiche sind sie leid.« Und er wußte, es war dumm, so zu denken, aber in bestimmten Augenblicken dachte er dann doch wieder so. (»Was *du* früher immer für Einbildungen gehabt hast!« Und er hatte der Mutter erwidert: »Ich hab die nach wie vor, alle, nur nehm ich sie nicht mehr so ernst.«)

## 6

Am Tisch sitzend, die Aussicht auf die Ziegeldächer und die Birken am gegenüberliegenden Ende des Gartens; im Bett liegend, im Fenster nur der Himmel.
Manchmal am Morgen, oder beim Nachhausekommen am Abend, eine Taubenfeder auf dem Boden. Das Gurren: noch immer ungewohnt; einmal der Eindruck, es nur aus irgendeinem Lautsprecher zu hören. Oder die Vogellaute vom Garten als Spielhallengeräusche (beim Abschießen von Flugzeugen, Panzern und so fort).
Die junge Frau, die vorher da gewohnt hatte: »Du wirst dich wohlfühlen, das Zimmer ist zärtlich, es versteht dich.«
Von ihr noch die Bücher, Kleider, das Geschirr im Zimmer: das Gefühl, nur für einige Zeit da zu wohnen, zu Besuch in einer fremden Stadt – die wie frische Luft von jenen Dingen; eine Art Freiheitsraum, wodurch das Zimmer größer erschien, als es war.
Die Freundin: »Was man in der ersten Nacht an einem fremden Ort träumt . . .« Und er wollte von *ihr* träumen: aber als ob es dann jedesmal das Falsche gewesen wäre, wachte er immer wieder auf. Erst nach der Angst am Morgen, das Vibrieren könnte mehr sein – die Vorstellung des in sich zusammenstürzenden Hau-

ses –, im Halbschlaftraum danach endlich sie, und wie vor Freude darüber war er sofort wieder ganz wach, gleich nach dem ersten Erblicken ihres Gesichts.

Statt an den Tisch zu sitzen, zu lesen, zu lernen, oft das Liegen auf dem Bett und wie zwanghafte Telefonieren, bis es keine Telefonnummer mehr gab, die er hätte wählen können: und als Ergebnis die drei vier Verabredungen für die folgenden Tage, auf dem Kalenderblatt die bestimmten Frauen-Vornamen, und schon im vorhinein die Gereiztheit, wie immer, wenn schon soundso viele Termine für die nächste Zeit feststanden; oder die Tagträume, bis es ihm auf die Nerven ging, sich vorzustellen, wie es vielleicht sein würde.
Gegen Abend die Anziehungskraft des Draußen; erst ab zehn, elf war er froh, zu Hause geblieben zu sein (»Jetzt bin ich doch froh, daß . . .«, ein für ihn charakteristischer Satz); und er stellte sich dann allmählich weniger vor, wie die, mit denen er gern zusammen gewesen wäre, vielleicht irgendwo draußen waren, etwas erlebten.

Er öffnete die Flasche Wein, die ihm die Freundin einmal geschenkt hatte.
Als wiederkehrende Angst, seit er sie kannte: sie hätte ihn hintergangen, zum Narren gehal-

ten wie nur denkbar, und er wäre gegen ihren Willen dahintergekommen; und wie er ihr in die Augen geschaut hätte, weggegangen wäre, sonst irgend etwas getan hätte! Er fand keine Erklärung dafür; jedenfalls der Vorsatz, darauf zu achten, wann er jenen Vorstellungen nachhing, in welcher Situation.
Wenn es ihr schlecht ging, ging es ihm manchmal gleich ein bißchen besser; ging es ihr aber gut, bedrückte es ihn unwillkürlich, auch wenn er sich gerade noch recht wohl gefühlt hatte, als wäre es dann jeweils doch nichts gewesen im Vergleich mit ihrem Glück, als hätte er das eigentliche Leben nach wie vor versäumt, verfehlt.
Aber er hätte jenes Gefühl auch überall sonst gehabt, ausgenommen neben ihr. Eben daß sie übermütig war, obwohl man nicht in ihrer Nähe war, erzeugte hin und wieder das Schweigen am Telefon, das ihr wehtat, und darauf die Selbstvorwürfe.
»Jeder Mensch«, dachte er, »der alles über sich erführe, müßte zuerst einmal zu Boden stürzen und sich lange nicht bewegen können vor Scham!« (Kam er sich widerlich vor, freilich das angenehme Gefühl, wenigstens etwas weniger widerlich zu sein als die meisten andern.) Die einmal als Kind elementar erfahrene Eifersucht – ein anderes Kind hatte von dem geliebten Menschen mehr bekommen als er –;

und es war ihm später sofort jenes Erlebnis eingefallen, als er im Psychologieunterricht das Wort »Ureifersucht« gehört hatte. – Seit je der Wunsch: »Ich wollte, ich wäre . . .« *Ich!* Hatte er schon je gedacht: »Ich wollte, die Menschen wären . . .«?

Er dachte an die Mutter, stellte sich ihr schlafstilles Zimmer vor.
Ihr Schlafengehen noch vor neun, manchmal auch früher: im Nachthemd das Stehen eine Weile am offenen Fenster, das Hinausschauen, auf die Vögel Hören – dann legte sie sich ins Bett, dachte an etwas Schönes, oder an etwas zum Lachen, und schlief ein.
Wahrscheinlich hatte sie vorher noch einen Apfelschalentee getrunken, zur Beruhigung. (Die Mutter, den Apfel schälend: »Nicht weil ich es nicht besser kann.« Die kurzen Apfelschalenstücke für den Tee.)
Während seiner Abwesenheit würde sie vielleicht ein paar Blumen in eine Vase geben und in sein Zimmer stellen.

Seine Geburt – Die ersten Wehen um zwei Uhr am Morgen: aber ahnungslos die Mutter; nur der Gedanke an die sonnwarm gegessenen Kirschen. Erst nach zwei Stunden der Entschluß, zum Arzt zu fahren; und das Sitzen hinten auf dem Motorrad, der steinige Wald-

weg (sein späterer Schulweg zwölf Jahre lang). Der Arzt, der gleich die Rettung rief: der Kopf des Kindes schaute fast schon ein wenig heraus. Im Krankenhaus nach dem Hinaufgehen über die Stiege (noch kein Lift), nach dem Ausziehen, Hinliegen auch schon die Geburt: um zwei Monate zu früh (»Gerade als der Zug vorbeigefahren ist.«); und damit er wachblieb, die vielen Püffe – »Wie ein Punchingball«, sagte er später einmal, »bin ich da wahrscheinlich geschlagen worden: das war mein erster Eindruck vom Leben.«
Aber: »Wie du als kleines Kind im Wasser umhergesprungen bist, voller Übermut!« Und er hatte der Mutter erstaunt zugehört.
Mit zwei drei Jahren – »Du hast noch immer kaum reden können.« – die Knocheneiterung: und die Mutter, die der Amputation nicht sofort zugestimmt, die Hoffnung nicht aufgegeben hatte; und die Operation war geglückt!

Der Großvater zur Mutter: »Ihr habt eine schöne Zeit erwischt!« – Glücklichsein hieß für ihn: es war »alles« vorhanden; alles, was man zum Leben brauchte, vor allem genug zu essen im Haus – zu seiner Zeit: wenigstens für ein paar Tage; dann würde man weitersehen. (Die Mutter: »Damals noch die vielen Bettler und Landstreicher.« Was alles man inzwischen für selbstverständlich nehme! und so wie man etwas »erleben«, sein Leben wie nur möglich »genießen« wolle, sei es schon nichts mehr.) –

»Wenn ich ›die Mutter‹ noch manchmal so spüren könnte!« – nachdem der Großvater ihren Arm genommen und den Kopf daraufgedrückt hatte (›die Mutter‹ für ›meine Frau‹). »Für sie ist er immer das Erste und Wichtigste gewesen.« Beim Essen das beste Stück für ihn: sie selbst habe sich oft irgendwie etwas zusammengesucht. Wegen des schlechten Sehens nun seine Gewohnheit, mit dem Daumen zu ertasten, was im Teller, ob etwas auf dem Löffel war; die Essensflecken auf dem Gewand.

Seine Sparsamkeit, das »Klugsein«: »klug« als Ausdruck für ›äußerst sparsam‹. (Die Mutter einmal kopfschüttelnd: »Mein Sparen . . .« Für das Einrexen der Entschluß, es noch einmal mit den alten Einkochringen zu versuchen: und die sich bald öffnenden Gläser. Beim Entrümpeln immer die zwei drei Dinge beiseitegelegt, die wer weiß wofür einmal würden gebraucht werden können. Der Schmerz »noch immer manchmal im Bauch«, wenn sie sah, wie er etwas wegwarf, das doch noch nicht so alt und verbraucht war. Hatte sie etwas ins Auge gefaßt, sparte sie sich zuerst das Geld dafür zusammen: im Gegensatz dazu »die Mode« seines Vaters, alle größeren Anschaffungen in Raten abzuzahlen – in seinem Koffer auf dem

Dachboden die vielen Bonbonniereschachteln voll von Erlagscheinabschnitten.) –
Oft vom Großvater erzählt: »Die Geschichte mit der Wirtschaft« – wie er von zu Hause hatte fortgehen müssen, nachdem nicht er, wie immer versprochen, sondern der Bruder die Wirtschaft bekommen, weil nur die Mutter noch gelebt hatte, und sie hatte ihren jüngeren Sohn lieber gemocht. Seit damals der Wunsch, daß es bei ›seinen‹ Kindern gerecht zugehen würde.
Wenn er gestorben sei, brauchten sie, ›seine Mädchen‹, nicht mehr zu arbeiten – die Mutter: »Da lebt er noch im vorigen Jahrhundert.«
»Ihr bekommt das Geld und ich die Erde!« (einer seiner oftzitierten Aussprüche im Verwandtenkreis)
Seine Angewohnheit, wenn er sich sehr krank fühlte, den bestimmten Hügel hinaufzublikken, wo er zur Welt gekommen war. Nach dem Leben einige Hügel entfernt, der Entschluß, sich am Fuß des Kindheitshügels anzukaufen und zu bauen. Nun war das kleine Haus eingeschlossen von der Sägewerksanlage des Nachbarn, und nach dem Tod des alten Mannes würde das Haus wahrscheinlich abgerissen und das Grundstück (»das kleine Hosentor«: als Ausdruck der Töchter) an den Sägewerksbesitzer verkauft werden.
Der Großvater, der seit einiger Zeit nur noch

sie erzählt, »einen Tag vor ihrem Tod: als sie damals kurz mit mir allein gewesen ist . . . wie sie mir dabei in die Augen geschaut hat: ganz von innen heraus!« – Wann hatte er seiner Mutter zum letzten Mal so in die Augen gesehen?

Die Großmutter: weder verunglückt noch wegen einer Krankheit gestorben – der »natürliche« Tod. Das Geborgenheitsgefühl am Grab. Wie im Tod ihr Leben (so wie sie sich durchgekämpft hatte, ohne dabei verbittert zu werden) als etwas Wunderbares nachgestrahlt hatte, das Leben überhaupt gewaltig-rätselhaft-schön erschienen war. Das Zusammensein mit jenen Menschen vom Land, denen noch soundso vieles heilig war, wenn auch vielleicht vielfach die falschen Dinge; aber keine Verlogenheit: der Glaube an die Gebete, daß die gehört wurden. Im Augenblick, da der Sarg ins Grab gelassen worden war, das Gefühl vergehender Schuld, daß nichts Unverzeihbares zurückblieb. Und er hatte die hellbraune Friedhofserde wirklich als »Heimaterde« empfunden. (»Kind, was glaubst denn du, was sein wird nach dem Sterben?« als Frage des Vaters einmal an die Tochter)

Sie hatte erzählt: ›Der Vater‹ nach dem Kirchenbesuch manchmal zu Hause: »Ob das wohl wirklich alles stimmt?« Und ›die Mutter‹, verärgert: Darüber nachzugrübeln sei sündhaft! »Etwas Genaues weiß niemand!« (und die bestimmte Handbewegung des Vaters) – »Anscheinend hat sie nur zwei Kinder gehabt . . .«, der Pfarrer einige Zeit nach dem Begräbnis. Nur zwei der fünf Töchter hatten für sie inzwischen eine Messe lesen lassen. Dann: »Nur eine Messe zu bezahlen, ist halt auch zu wenig!« Nachdem eine der beiden Frauen an dem bestimmten Sonntag nicht hatte kommen können. »Als ob es darauf ankommen würde«, hatte die Mutter kopfschüttelnd gesagt, »von mir sieht der keinen Groschen mehr!«

# 7

Der Vorsatz, früh aufzustehen, doch dann war es beinahe elf. Der Zeitplan für die Woche – an diesem Vormittag hatte er in dem bestimmten Buch lesen wollen, für die Arbeit, die er noch zu schreiben hatte vor den letzten Prüfungen: jetzt aber der Entschluß, es auf den Nachmittag oder Abend zu verschieben, vorher einen längeren Spaziergang zu machen, vielleicht jemanden auf ein zwei Stunden zu besuchen. (Wenn er sich einmal hinsetzte und etwas tat: er als Lehrer und Schüler in einer Person; der ohnmächtige Lehrer, der Ärger – andererseits die Schülerlust, sich irgendwie durchzuschwindeln; nur die körperliche Anwesenheit ›in der Schule‹. Seine Neigung, sich in Nebensächlichkeiten zu verlieren, vom Hundertsten ins Tausendste zu kommen; auch: zuerst zuviel von sich zu verlangen, und dann zuwenig.)
Nach der stillen Gasse, in der er wohnte, fast nur noch die Geschäfte und kleinen Lokale rechts und links, bis zu dem zentralen Platz.
Mit dem Gehen, nach einigen Blicken zum Himmel: bald die Lebenslust. So schwermütig er sein konnte, andererseits nicht selten das unersättliche Verlangen nach Leben, die Lust zu grenzenlosem Verführen; die Tagträume, von einem Abenteuer zum nächsten zu wirbeln, ohne dabei zu zerstören; auf nichts

eingeschränkt zu sein, niemandem und nichts verpflichtet; eine Sehnsucht nach Dauer nur in dem Sinn, daß er immerfort so hätte weiterleben können; als das einzig Beständige (neben dem Zuhause mit der Mutter) die Freundin, als Komplizin: die ihrerseits das bunteste Leben führte, die schönsten Möglichkeiten an Augenglanz und Herzklopfen hervorrief; wer ihr begegnete, liebte sie für immer, ohne daß diese Liebe quälte . . .

Nachdem eine Frau sein Aufblicken erwidert hatte: der Gedanke, daß sie ihn wahrscheinlich mit jemandem verwechselt oder eine Schnittwunde vom Naßrasieren entdeckt hatte, nur als Erinnerung zum Schmunzeln, jedenfalls jetzt.

Damals, vor einigen Jahren – Immer wieder wie gelähmt bei dem Gedanken, verkrampft zu wirken. Und er nahm im Café das Glas Wein in die Hand, trank einen Schluck, stellte es zurück und griff bald wieder danach; sein Gesicht erschien ihm wie aufgeschwemmt vor Unsicherheit. Als er sich nach langem endlich überwand, sagte in der Nähe jemand: »Gekrümmt.« – und er mußte sich Schritt für Schritt zwingen, weiterzugehen. Draußen überquerte er wie aufgezogen den weiten Platz, sah hin und wieder, wenn ihm schien, daß er schon zu lange zu Boden schaute, auf und zur Seite, und gerade aufatmend, wurde er von einer

Unebenheit des Bodens beinahe zu Fall gebracht. Jemand kam ihm entgegen, und er griff sich unwillkürlich aufs Gesicht, täuschte ein Gähnen vor, und plötzlich der Sog hinter der Stirn, als hätten die Augen gleich im Kopf verschwinden und die Trommelfelle platzen müssen. In der Straßenbahn dann hielt er sich am Haltegriff fest, daß der Oberarm sein Gesicht möglichst verdeckte, und er gab die Hand die ganze Fahrt über nur einmal kurz weg.

Oder in dem Kleidergeschäft die Bitte der Verkäuferin, er möge doch in den Spiegel schauen, und er hatte sich widerwillig zur Seite gedreht, dann aber nur an sich hinuntergesehen und gesagt: »*Der* Pullover gefällt mir am besten; ja, den nehme ich.«

Nachdem er sich durch Tische geschlängelt hatte, die auf ihn wartende Frau: »Ist etwas mit deinem Bein? du hast es so nachgezogen, als wär es gelähmt.«

Manchmal, wenn er etwas ein zweites Mal dachte oder fühlte, hatte er den Eindruck, etwas zu denken oder zu fühlen, was viele andere beim ersten Mal schon mitgedacht oder mitgefühlt hatten, und sich erinnernd, schien ihm, als wäre es damals umgekehrt gewesen: jene andern hatten das Bestimmte gedacht oder gefühlt, und er hatte es nur miterlebt.

Einmal nach Mittag im Halbschlaftraum das

Dunkelwerden im Zimmer – »Durch die Bewölkung«, hatte er zuerst gedacht, dann aber bemerkt, daß ihn Menschen umstanden: »Wie Museumsbesucher!« (als Vergleich im Traum)

Nun die Blicke zum Himmel, die Häuser hinauf; kein negatives Mittelpunktsgefühl.
Nur kleine Reste noch hin und wieder: und er hielt sich am Schlüsselbund fest, mied die menschenerfüllten Plätze und Straßen. Oder plötzlich die Verspannung im Rücken, unterwegs zu einem Ort, wo er sich dann wie ausgestellt fühlte, wie schon vorher befürchtet. Und er saß verkrampft in dem Innenstadtlokal: die Schuhspitzen auf den Boden gepreßt, die rechte (»Führungs«-)Hand an den Daumen der linken geklammert. Und die Frau an der Bar, die, neugierig, wie er damit zurechtkommen würde, ihn immer wieder fixierte. Bis ihn die Freundin, auf die er da gewartet, von allen jenen Übeln erlöst hatte. –
Sollte er Blumen kaufen? nein, es wurde bei der anderen Ampel Grün; und er war dann froh darüber, weil die Frau nicht zu Hause war. Jetzt konnte er mit dem erspart gebliebenen Geld einen Teil der Briefgebühren ›bestreiten‹. Jahrelang fast verwöhnt, nun das Umdrehen eines jeden Schillings. Am ehesten leistete er sich noch Bücher; dafür hatte er das Kinogehen fast aufgegeben. Jemanden zum Essen

einzuladen, etwas Größeres zu schenken, kam kaum noch in Frage. Kaum noch ein Hemd ohne fadenscheinige Stelle, die Hosen bald durchgerieben, die Schuhe ausgetreten. Die Erlagscheine, die seit längerem in der Tischlade lagen; um wenigstens einen loszuwerden: das Kleingeld (von den kleinen Reisen in Nachbarländer), das er mitgenommen hatte, um es umzutauschen in der Stadt. – Unlängst hatte die Mutter plötzlich einen Totoschein mit nach Hause gebracht: »Vielleicht gewinnst du etwas!« Und sie hatte den ausgefüllten Wettschein schon am nächsten Tag zur Trafik getragen. »Ich bezahle dir den Einsatz . . . dann brauchst du nicht enttäuscht sein, wenn nichts wird daraus.« Über das Geld in der bestimmten Lade der Kredenz: »Ich habe es erst jetzt ›entdeckt‹! gehört das nicht dir? ich kann mich nicht mehr erinnern . . .«
In der Post dann klebte man die Marken wieder wie absichtlich schief irgendwohin: der Zeichnung, der in Farbe geschriebenen Adresse wie zum Trotz; solch offensichtlichem Zeitluxus, für ein Briefkuvert so viel Sorgfalt aufwenden zu können, zur Strafe; er war diese kleine Rache der Postbeamten schon gewohnt.
Die Busfahrt danach in das Stadtrandgebiet, wo er früher gewohnt hatte. (Als erster an der Haltestelle, war er doch einer der wenigen gewesen, die nicht mehr in den Bus gekommen

waren, auf den nächsten hatten warten müssen.)
In dem gerade gleichauf fahrenden Auto in der Nebenspur: die Frau am Steuer, der Mann, der neben ihr saß; seine Hand hinten auf ihrem Sitz, das Zopfende der Frau zwischen seinen Fingern. So wäre er nun auch gern unterwegs gewesen.
Als er einmal am späten Nachmittag, nach den ein zwei Stunden Halbschlaf, wie leicht fiebrig davon, ins Freie gegangen war, als erstes Erlebnis die schöne Frau, die vor dem Café ins Auto gestiegen war: die Aufgeregtheit unwillkürlich; daß es das Schönste hätte sein müssen, die Frau hätte die Seitentür geöffnet und ihn eingeladen, mit ihr zu fahren. –
Sein Umschauen: »Mit der Aufmerksamkeit des Paranoikers«, hatte er einmal gedacht.
»Und wenn ich hier lebte? wenn ich hier aufgewachsen wäre?« – wie auch beim Hinausschauen aus dem Zug oft.
Die Frau vor dem Haus: hatte sich seit dem Morgen was schon alles gewünscht? Der Mann, der dort ging: hatte Angst wovor, wenn er Angst hatte? Wären ihm diese Fragen immer gleich beantwortet worden, hätte es sein Leben verändert?
Er sah, wie ein Mann ein Streichholz fallen ließ, und fragte sich, ob es nur eine gedankenlose Geste oder eine wunderliche Mutprobe gewesen war.

Die Frau, die sich im Park zu den Blumen hinunterbeugte: ob *sie* die ihm bestimmte Frau war? –

Wie er manchmal bei solchem Umherschauen bemerkte, daß er etwas anschaute, eine Geste machte, als hätte er bewußt einen der Menschen gespielt, mit denen er oft zusammen war, an die er oft dachte. Auch beim Reden leicht der gleiche Tonfall. Wies ihn jemand darauf hin, kränkte es ihn fast, als hätte man ihm ein bewußtes Imitieren vorgehalten; im stillen der Gedanke, offensichtlich alles andere als unverwechselbar zu sein, und darunter leidend sein Selbstwertgefühl.

Als er einmal, eingeladen, beim Tischdecken geholfen hatte, das mehrmalige Zählen der Teller, irgend etwas hatte nicht gestimmt: bis er endlich bemerkte, daß er sich völlig vergessen gehabt hatte, Augenblicke lang nur die andern gewesen war. –

In Gedanken an andere, die sich wie er im Schreiben versuchten, manchmal auch sein Umherblicken (kein Schauen) wie beim Pilzesuchen als Kind: Angst, etwas in der Nähe zu übersehen, gleichzeitig das Hinüberschielen auf den Bereich des anderen; Neid auf dessen Fundglück; jähes Sich-Abwenden: »Ich finde ja sowieso nichts . . .« Und das trotzige Nicht-mehr-in-den-Wald-Gehen bzw. Nicht-Aufmerksam-Sein – bis zum Beispiel die ersten

Regentropfen am Abend (»wie von Flügelschlägen eines Nachtfalters am Fenster«) davon erlösten: und die Welt erschien als Freund, der einem nachgelaufen war, obwohl man ihn durch das beleidigte Davongehen gerade vor den Kopf gestoßen hatte: dann war er vollkommen Nur-noch-Wahrnehmender, bis er wieder wegen irgend etwas einschnappte.

Als Erinnerung – Die Straße, wo er nun ging, im Straßenlaternenlicht; das Schlittern der Blätter im Herbst; die gegen die Fahnenstange schlagende Schnur. Hinter dem Parkplatz, hügelan der Ausläufer des Waldes, als Sommer-Abenteuerort der Heranwachsenden; daneben der Kinderspielplatz mit der Telefonzelle (wie viele Anrufe von dort! und wenn die Freundin nicht dagewesen oder jemand ihm zuvorgekommen war – immer wieder das Besetztzeichen – oder nach Mißverständnissen: das deprimierte Zurückgehen ins Haus).
Die Frau mit dem silbernen Ahornblatt auf der Jacke, das er als Zeichen nahm, daß sein Brief (mit den Blättern) der Freundin gefallen würde.
Sein Liebesgefühl für sich, an bestimmte Briefe denkend, die er ihr geschrieben hatte: wie er sich nach jenen schönsten Teilen von sich zurücksehnte! aber traf er sie nicht immer wieder von neuem im Zusammensein mit ihr?!

(Mit ihr, die die Blütenblätter einzeln von der Bank gestrichen hatte, während er eine möglichst große Fläche mit *einer* Handbewegung hatte freiwischen wollen.) Am Morgen nach dem Aufwachen – der Traum vorher mit ihr – das Zurückwollen ins Warme, wie im Winter der Wunsch nach dem Aufstehen, ins Bett zurückkriechen zu können. Und er hatte weitergeschlafen.

Manchmal, wenn sie ihm versprochen hatte, ihn anzurufen am nächsten Tag, das Warten schon am Morgen, ohne dann an etwas anderes denken zu können; wie er kaum vom Telefon wegging, alles, was ein Weggehen verlangt hätte, verschob. Blieb der Anruf aber aus, einerseits die Angst um sie – »Dann sehe ich schon alles, und nichts Gutes«, die Mutter in solchen Fällen –, andererseits die Vorwürfe im stillen. Vorstellbar für ihn dann bei ihr ein Gefühl von Zwang, das ihr das Anrufen verleidete, bei ihrer Empfindlichkeit gegen jede Beengung. Die Ungeduld, die Freundin zu hören; die Gefahr, in der Verstimmung etwas Dummes zu tun. Manchmal schon der Überdruß: als hätte er nur von etwas ablenken wollen (wovon?) – alle die Möglichkeiten, die es schließlich gab, warum ihr der Anruf nicht möglich war. Freilich der Hintergedanke, jedes Läuten des Telefons am nächsten Tag zu überhören; der Vorsatz, jedenfalls nicht von

Und auch sonst immer wieder einmal plötzlich – plötzlich? – die verwünschten Reaktionen: und danach die »Aufräumungsarbeiten«, manchmal tagelang.
Der schöne Brief, und er hatte sie gefragt, ob sie am Ende zwei Briefe verwechselt, in das falsche Kuvert gesteckt hätte – und es nicht nur im Spaß gemeint. Ja, so konnte er sein! Und ihr Schimpfen half ihm.
Die Freundin: sein einziger ›wahrer‹ Freund: wer war, ausgenommen die Mutter, bisher auch nur annähernd so dagewesen für ihn?
Manchmal der Tagtraum, jemand hätte auf sie geschossen, und er hätte sich vor sie geworfen oder ihr auf eine andere Weise das Leben gerettet.
»Vielleicht«, dachte er, »habe ich von ihrer Zuneigung zu mir noch gar nichts begriffen.« (Und er blies in Gedanken sacht in den Haaransatz über ihrer Stirn.)

Einmal, als er da umhergegangen war, die Vorstellung: den Menschen in den Häusern an der Straße als Heruntergekommener zu erscheinen, der immer wieder einmal da vorbeikam. Um nicht die Herkunft zu verraten, das Nicht-neugierig-Umschauen. Kam er hinter einem Mann und einer Frau zu gehen, war es ihm peinlich, als hätte er unerträglich stören müssen, und er überholte »die beiden« schnell;

während er den alten Menschen gegenüber sein Jungsein fast ungehörig empfand, sich wie ein Angeber vorkam, wenn er sie leichten Schrittes hinter sich ließ; und konnte wenig später, von dem Gerede über Krankheiten gereizt, doch denken: »Bereitet euch lieber aufs Sterben vor!« –

Die lebenden Zäune, die Gärten dahinter, die alten Häuser – sein Tagtraum manchmal, in einem von ihnen zu sitzen, an einem großen Tisch vor einem Fenster Richtung Stadt, ausgeruht und zuversichtlich, in einer Windnacht im Herbst, und er hätte an einem Buch geschrieben als dem Höhepunkt des schon geschaffenen Werks.

Seit Jahren hatte er um die Möglichkeit des anderen Weges gewußt, aber erst seitdem er ihn einmal mit der auf dem Stadtrandhügel oben hin und wieder Besuchten gegangen war, ging er dort auch allein, statt daß er sich den Weg vorher selbst gesucht hatte.

Mit dem Anblick des bergab rinnenden Wassers im Graben der Eindruck, leichter und schneller zu gehen.

Und die Tiere am Weg – das Pferd, die Hunde – standen wie versteinert da, verwunschen oder ihm sozusagen Parade stehend.

Kurz vor dem Ziel das alte Gebäude am Weg: und er stellte sich vor, wie die kleinen Fenster langsam größer wurden, bei langer Stille

gen Töchter: Sie sollten einander beim Waschen nicht anschauen, auch sich selbst nicht, damit sie nicht auf schlechte Gedanken kämen!)

Er hatte nun »schlechte Gedanken«: hätte nun zum Beispiel gern die junge Frau gespürt, die bei einer der Burgenfahrten neben ihm gesessen war. Das Leben in ihr! daß man Lust bekam, sich mit ihr, wie als Kind, einen Hang hinunterlaufen zu lassen. Die Berührungen während der Fahrt – ihr Kopf einmal auf seiner Schulter. Und hätte er die eine Bewegung gemacht, die bestimmten Worte dazu gesagt: es hätte sich damals welche Geschichte ergeben? –

Und wo war wohl gerade »die Frau von den Zugfahrten, freitags am Abend, nach Hause«? Er stellte sich das blasse Gesicht mit den großen braunen Augen und dem kurzen schwarzen Haar oft vor. Während der Fahrt mit der Straßenbahn zum Bahnhof, die Hoffnung auf ihr Zusteigen, an der bestimmten Haltestelle nach dem Fluß. Und er schaute dann zu ihr, die einige Sitze weiter vorn stand: und wußte, er wirkte nicht aufdringlich – sein Herz klopfte –, wie er sonst wußte, daß er eine Frau anschaute, wie er es an anderen Männern nicht mochte. Und sie nahm seinen Blick wahr, verstand ihn: für einen Augenblick, kaum wahrnehmbar, der freundliche Glanz in ihren

Augen. Wie in ihrer idealen Bekleidung ging sie dann vor ihm; die Sandalen eher als Ahnung denn als beschreibbares Schuhwerk. Das Verhaltene und doch die Gelöstheit. Er überholte sie schließlich, wie man von einem schönen Ort früher oder später einmal fortmußte, ging bis zu dem Waggon, in dem sie, wie er schon wußte, in der Regel saß, und sah vor dem Einsteigen schnell noch zu ihr; begegnete ihr dann vor einem Abteil und gab ihr den Weg frei; und sah sie später noch einmal: sein Aufblicken, und sie hatte gerade zu ihm geschaut, ihre Augen zuckten weg, zu ihm zurück, wieder weg, als hätten sie sich in etwas verfangen gehabt. Doch seit damals, es war schon Wochen her, hatte er sie nicht mehr gesehen, weil er entweder nicht um diese Zeit gefahren war oder sie war ausgeblieben oder er hatte sie erst gesehen, nachdem sie ausgestiegen und zum Bus geeilt war.

Er stand auf, ging umher; schaute in den Spiegel – »Erzähl ihm etwas Unanständiges, damit er etwas Farbe bekommt im Gesicht!« hatte einmal ein Bekannter, ihn meinend, zu einer Frau gesagt. (Seine Lieblingsfilmgestalt schon als Kind: Der Rächer!)
Er dachte an die Menschen, die, wie ihm vorkam, wie auf Schienen durch das Leben rollten, von Anfang an ungefährdet, so gefähr-

im Garten und ums Haus herum gab. Wie er bis vor ein zwei Jahren nicht hätte sagen können, wann zum Beispiel die Pfirsiche ›waren‹, vor oder nach der oder jener Frucht, wie das Jahr für jemanden wie die Mutter, wie für ihn selbst das Leben mit der Natur, von einem Monat zum andern ablief. –

»Die Natur«, so die benachbarte Schwester der Mutter, zum Wald hinaufschauend: die Fichten mit dem Schnee Mitte Jänner. Nachts das Glitzern der Eiskristalle auf den Fensterscheiben im Mondlicht. Der Wind: »Die polare Kaltluft.« Unter dem Tisch im Vorbau: der Korb Holz, der Ölkanister. Die Tür zum Gang einen Spalt breit offen, wegen der Blumen.

Im Zug nach dem Einsteigen die nassen Tritte auf dem Boden, das gerillte Muster: der Katzenkopf und halbe Kopf des Hundes, wie als Nachbilder von zu Hause. In der Stadt, mittags, der Schatten auf dem Fußboden, als hätte der Wind den Vorhang bewegt: der Rauch vor der Sonne.

In den Farben des Laubs noch der Herbst; als erster Frühling das Vogelsingen. Abends, allein zu Hause, beim Trinken: das Sektgeprickel als Dachrinnengeräusch; manchmal ein Laut wie von einem Bach oder einem Teich. Im Herd das Glosen; saß man im Dunkeln, die Feuerschatten an der Decke. Die Mutter: »Ich

wär ganz unglücklich, wenn ich nicht *so* heizen könnte im Winter!«
Nach den Tauwettertagen das Auslichten der Obstbäume, die Holzarbeit im Wald. – »Im Hauswald oben« (früher ein Acker: die Ackerstreifen – »B[e]ifänge« – zum Teil noch erkennbar; dann die Umwandlung in ein Waldstück – der übrige Wald war erst später dazugekommen, von der Frau des Großvaters in die Ehe »mitgebracht« worden) nach einiger Zeit nur noch das Hin- und Hergehen ohne einen Gedanken oder einen Tagtraum; die Abschürfungen von den Astvorsprüngen; einmal beim Hinhocken die Wärme hinter der Stirn wie von mehreren Streichhölzern, die gleichzeitig aufflammten. Bei der zufälligen Berührung mit dem Hemdknopf der Impuls, ihn zu verscheuchen wie ein Insekt. Das Stolpern zuletzt schon über kleinste Zweige auf dem Boden: um wenigstens einen Fortschritt der Arbeit zu sehen, das Wegziehen der Äste und Wegtragen der Holzstücke nicht einmal da, einmal dort, sondern beständig von einer Seite, wie es sonst nicht seine Art war.
Sein Vater hatte sich viele Jahre lang sein Geld als Forstarbeiter verdient, und er konnte sich nicht vorstellen, daß man sich an eine solche Arbeit gewöhnen konnte. (Im Geburtsjahr des Vaters das schriftliche »Übereinkommen« ›seines‹ Vaters mit der herrschaftlichen Gutsver-

waltung: der »Holzhauerpartieführer« übernahm es, im Herrschaftswald Schlägerungsarbeiten zu leiten; als Arbeitsverdienst »der sechste Teil der Menge«.
Ein Jahrzehnt später der Krieg: der Vierzigjährige, der in seinem letzten Brief geschrieben hatte: »Wie schön wäre es, wenn dieses Jahr den Frieden bringen würde!« und dann im Osten vermißt blieb; seine Frau, die gemütskrank wurde – die drei Wochen in der »Landesheilanstalt« –; und der Sohn, der sie eines Morgens verblutet auf ihrem Bett liegen fand.)
Nach den Vorfrühlingstagen neuerlich der Schnee, die Kälte (am Morgen in der Stadt die dicht an den Häusern gehenden Menschen). Die Mutter, die zu Hause strickte; am Telefon: ob er »die blauen« oder lieber »die roten« (Socken) wolle – und dann schickte sie ihm beide Paare. Die Nachmittagsstunden mit dem Kind, mit dem er öfter auf den Spielplatz ging. Und sie standen auf dem »Floß« im Park, rundum erstreckte sich »das Meer«, und das Kind hielt einen Zweig hinunter, ließ den haftenbleibenden Schnee in seine Hände fallen als einen gefangenen Fisch nach dem andern. Die Kette der Schaukel in der zugefrorenen Pfütze, und sie »retteten« sie; traten »Lawinen« los und schauten ihnen nach; legten Futter für die Vögel auf den Weg und geboten der Sonne, es nicht wegzulecken. Das Kind erklärte ihm, wie

man einen Schneeball macht, brach Eiszapfen von den Bänken, lief ohne eine Spur von Müdigkeit umher, und er, »der ganze Freund«, putzte es manchmal ab, trocknete ihm die Hände, knöpfte ihm den Mantel zu, wischte ihm die Schweißtröpfchen von der Nase.
Nach den sonnig-klaren, windig-kühlen Tagen im März: Schneeschauer, Regen, Tauwetter, Schnee – »Der April zeigt, was er kann . . .« (die Mutter).
Als »Osterblumen« der Kindheit: die Narzissen, Kaiserkronen und Herzblumen. Ende des Monats die Hyazinthen und Tulpen. Neben dem künstlich wirkenden Goldregengelb das Gelb der Löwenzahnblüten. Die Wiese unten um den Kirschbaum übersät mit Nieswurz, einem Hahnenfußgewächs: wie als Bewuchs einer Ruine (wie er sich das als Kind vorgestellt hatte). Die blühenden Bäume. Die Blüten des Marillenbaums – die Mutter: »Herausspähend! wegen dieses Wetters.« (Der schiefgewachsene Baum hinter der Hecke: die Natur selber habe das bewirkt – »Alles will freien Raum.«)
Anfang Mai im Garten die Papiersäckchen, mit kleinen Erdbrocken oder Steinen beschwert, damit die Mutter wußte, wo sie was gesät hatte. Die Wärme; das Bienengesumm. Die Katze, die sich weitertastete im Gras, nur hin und wieder das Zucken mit dem Kopf, bei kitzelnden Grashalmspitzen; daneben wie plump der

Hund! das Feine, Lautlose um die Katze zerstörend: die freilich nicht *einmal* zur Seite blickte, unbeirrt weiterschlich. »Unbeirrt«: seit er das Wort kannte, der Wunsch, man hätte es auf ihn anwenden können.
Am Waldrand, in der Sonne stehend und in die Bäume schauend, sah er die Bewegung der Buchenzweige mit den fast durchsichtig hellgrünen Blättern: die Augenblicke vorweggenommener Sommer.
Ende Mai das schon hohe Gras, wie innerhalb von Tagen gewachsen, nur das eine Stück mehr, nun aber ›hoch‹. Das abgemähte Rasengras als Baumdünger, von der Mutter jedenfalls zu diesem Zweck um die Bäume gelegt (Lieblingsschlafplatz der Katze).
Im Juni der Flieder; die Blütezeit der Weigelie, des Ginsters, des Schneeballs; später des Jasmin.
Die auf dem Dachboden trocknenden Kräuter. Das Vertrauen der Mutter in ihre Heilkraft; »die Leute früher« als zitierte Autorität. (Nachts das Kamillesäckchen unter dem Hals: gegen die Rückenschmerzen. Am Morgen statt des Zuckers in den Tee die zwei drei Löffel Löwenzahnsirup. Als Erfrischung für die Sommermonate die vielen Flaschen Holunderblütensaft.)
Die Ferienzeit – Im der Sonne abgekehrten Zimmer: der Schatten der Blume im hintersten

Winkel, so hell war manchmal der Tag. Die verspätete Jasminblüte fiel ins Gras und verwandelte sich in die Katze, die dann unter dem Busch schlief.
Die Mutter, sowie sie das Wichtigste nach der Mittagsrast getan hatte: »Ich geh ein bißl in den Wald.« Und sie eilte dann nicht wie so viele von einem Ort zum andern, sondern suchte nur in einem bestimmten Bereich. Heimkommend: »Ich bin zufrieden mit meinem Gang.« Die drei vier Pilze für das Mittagessen am nächsten Tag.
Seine Lust dann, selbst in den Wald zu gehen. Und nicht umzukehren, wo er bisher immer umgekehrt war (höchstens die paar Schritte über die ›Grenze‹: der wie urzeitliche Graben); früher die Scheu, gleich zu den Häusern am Waldrand zu kommen, jemandem von dort unversehens zu begegnen.
In den alten Hohlwegen die hohen Bäume. »Sperren der Wagenräder verboten!« (die gleiche Tafel früher an der Tenne des Nachbarn, für den nach Hause und in den Wald weiterführenden Weg)
Die freien Plätze im Wald, eingesickert vom Land. Losgeweht die Lichtdurchlässe zwischen den Blättern. In den Lachen gespiegelt die Atemlöcher, der Himmel.
Das Rascheln des Laubs als Streichholzschachtel-Geräusch.

Man fühlte seine Stirn im Wind und freute sich.
Zu Hause dann die »Brätlinge« im Herdrohr: vom Verdampfen des Wassers das Pfeifen und Prasseln (»Das Austreiben der Bosheit«, wie es einmal jemand ausgelegt hatte); die Kriegs- und Brandgeräusche; dann wie das entnervende Ziehen beim Spielen einer schlechten Cassette; und als Erinnerung: die langgezogenen Quietschtöne der Leiterwagenräder, vor zwanzig Jahren noch ein Alltagsgeräusch.
Der Pilzhändler mit dem Bus, der immer umdrehte vorm Haus, und die Mutter verbat es sich; während *er* geschwiegen hatte, als er einmal kaum hatte atmen können in dem aufgewirbelten Staub.
Oder wie er ins Zimmer ging und sich die Ohren zuhielt, als die Mutter jemandem die weitere Pacht eines Ackers versagte. – Sein Vater hätte sich an seiner Stelle nicht anders verhalten. (Die Mutter hatte das Kind öfter geschlagen; einmal mit der Rute durchs Dorf getrieben: sein häufiges »Feuerlaufen« einige Zeit. Der Vater hatte nur die Augen gesenkt und sich abgewandt; hatte, was das Kind beschädigt, höchstens gekränkt zu Boden fallen lassen. – Aber das freundschaftliche Raufen mit ihm! als Neckworte des Erwachsenen für das Kind: »Individuum«, und: »Unikum«!)

Ende Juli im Garten der Duft der Wicken. Der Rittersporn, die Flammenblumen, die Chrysanthemen, die Dahlien; die ersten gelben und roten Blätter des Essigbaums. Die Zeit der Himbeeren vorbei; die Johannissträucher abgeerntet; die ersten Marillen.

Vor Gewittern, wenn Hagel drohte – Die Mutter, die Heiligen-Drei-Königswasser rund ums Haus verspritzte. Allein zu Hause, zündete sie eine Kerze an; und wenn ein Luftzug sie löschte, schnell wieder das Anzünden, als hätte es sonst gleich eingeschlagen. Ihr Aufatmen als Kind, nachdem in der Umgegend ein Blitz gerade Schaden angerichtet hatte; so wie sie, nachdem jemand gestorben war im Dorf, das Gefühl hatte, nun für einige Zeit in Sicherheit zu sein, wie nach einem geleisteten Beitrag, der immer wieder notwendigen Abgabe von Zeit zu Zeit.

Nach dem Regen das Hineingehen in den Wald, wo im Wind die Nässe abtropfte und es auf dem Laubboden besser zu gehen war als auf dem Weg mit den Lachen und der aufgeweichten Erde zwischen den Steinen. Die abgekühlte, nun milde Luft. Und nach einiger Zeit der Anblick des Himmels im Westen hinter den Bäumen; hinter dem Schwarz der Stämme und dem Blattgrün das Zinnoberrotorange des Sonnenuntergangshimmels, das während des Gehens in den Wald hinein-

sprühte (im Brustkorb die Empfindung sich lösender Blüten).
Und die Steinhaufen dann, mit dem aus der Schlucht dahinter aufsteigenden Nebel, wie als Schuttreste der glücklich überlebten Feuerskatastrophe (»nach dem Angriff«).
Der kleine Platz mit den halb im Boden versunkenen Schienen – die Erinnerung, in der Winternacht damals mit dem Vater, von dem anderen Dorf kommend, da im Schnee vorbeigestapft zu sein; das Getröstetwerden, daß es nicht mehr weit nach Hause sei; der sanfte Zug am Arm.
Anfang August die Getreidefelder gemäht: das Ausführen der Jauche, das Pflügen und Eggen. Die Ackererde hinter den Bauernhöfen stellenweise ziegelrot; oder der Ziegelschutt als Grundierung für Hohl- und Waldwege, wie er es beim Wandern öfter gesehen hatte.
Bald die erste Färbung der Zwetschken – die Mutter, die ihm anbot, die Marmeladereste aus dem großen Topf zu putzen, und erzählte: »Das ist damals oft meine Jause gewesen . . .« (die bestimmte Pflaumenart gekocht, gezukkert, und das Brot dazu, damit man besser satt geworden war)
Unter der Plane auf dem Sandhaufen: die Wasserdunsttropfen am Abend. In der Baumkrone der Linde: das Insektengesiede, bis in die Dunkelheit. Tief im Himmel das Düsenflug-

zeug: das Aufrauschen in den Bäumen wie als das bodenferne Fahrtwindgeräusch. Hund und Katze, auf der Stiege nebeneinanderliegend – und die Mutter (»Die Tiere haben mich so angeschaut . . .«) überlegte, was sie ihnen geben konnte: und öffnete eine Dose Fisch.

Statt fernzusehen das »Fotoschauen« mit ihr – »So etwas schau ich gern an, was schon war!«

Vor dem Schlafengehen goß sie noch die Blumen: das Sickergeräusch – »Wie durstig die schon gewesen sind!« Eine der Blumen hatte sich schon »beleidigt« weggedreht.

Und er ging dann mit den Tieren draußen noch eine Weile umher. Kurz die Schüsse (»Gewehrfeuer«), wie schon tagsüber manchmal, ein zwei Täler entfernt – die Bundesheerübung; und das Anschlagen der Hunde; dann wieder nur das Grillenzirpen.

»Wenn das r im Monatsnamen ist, soll man draußen nicht auf dem Boden sitzen!« (als Mahnung der Großmutter an ihre Kinder)

Während die Mutter die Nußbäume »ausmähte«, löste er Sonnenblumenkerne aus. Die fast brotlaibgroßen Sonnenblumenköpfe, die sie mit dem »Sackmesser«, das sie immer in der Schürzentasche bei sich trug, von den halb zu Boden gedrückten Stengeln geschnitten hatte.

Ihre bestimmten Ausdrücke: »Sackmesser« für Taschenmesser, wie allgemein »Sacktuch« für Taschentuch; »Es wird gleich umstecken!«, das hieß: ›Das Wetter wird nicht mehr lange so schön bleiben!‹; statt Kinn sagte sie »Mündl«; für ›eingeschnappt sein‹ »Birnen sieden«; für ›mehr Form‹ (bei einer Speise) »mehr Gesicht«; mit »unwahrscheinlich« bei Farben meinte sie ›unauffällig‹! (als einige Beispiele) Und ihr Nachfragen öfter, wie man zu etwas sagte, statt ›ihres‹ Ausdrucks dafür; einmal schmunzelnd über solch ein Wort: »Das klingt für dich wohl schon wie eine alte Sage!«

Im Keller das Umräumen. Die beiden Fässer nun unterhalb des Fensters: in dem kleineren der Apfel-Birnen-Most, in dem größeren der Mostessig. Die Stöpsel mit dem Tuch, um sie leichter herauszubringen. »Es ist auf jeden Fall besser, wenn nur wenig drinnen ist, als wenn die Fässer leer bleiben, weil das Holz sonst springt.« Und er hörte ihr aufmerksam zu.

Wegen des vielen Regens der Wochen vorher die schlechte »Erdäpfel«-Ernte, etwas besser nur nahe den Stangenbohnen am Ackerrand: »Weil es dort etwas geschützt gewesen ist.« Die kleinen, die sie aussortierte und später mit dem Hundefleisch verkochte; die anderen trugen sie mit dem Korb in den Keller – »Erdäpfel«, die zu lange in der Sonne lagen, wurden grün: »mondscheinig«, der Ausdruck der Leute früher dafür.

Als ständiges Geräusch in der Nähe: der an einem Knochen nagende Hund (»Das gefällt ihm halt, wenn man bei ihm draußen ist«, die Mutter.) Während die Katze, »Mäuse passend« in der Wiese hockte; und er besuchte sie manchmal: das kurze Schnurren als ihr Gruß, ohne daß sie die Fläche vor sich außer Augen ließ; und er zog sich sozusagen wieder zurück. Die Mutter, wenn die Katze sie geärgert hatte: »Diese Hexe!« Beim Hund die Zorn-Rede, hin und wieder ein Schlag mit der Hand: und das Tier kauerte betroffen – »schuldbewußt« – in einiger Entfernung, bis man wieder mit ihm redete. Wenn die Katze sich zur Unzeit an einen schmiegte, höchstens ein: »Ich hab jetzt keine Zeit ... später dann.« Beim Hund: »Sei nicht schon wieder so lästig!« Das unwirsche Wegjagen, als hätte er ja sehen müssen, daß man beschäftigt war. Dann wieder das Mitleid mit ihm, der so »liebesbedürftig« nebenherlief. Bei der Katze das Werben; den Hund kratzte man kurz, damit er Ruhe gab. Er machte einen in bestimmten Augenblicken nur noch gereizter (wenn er einem mit seinen Bedürfnissen ständig, winselnd, in die Quere kam); zur Katze beugte man sich erst recht hinunter: sie verkörperte dann mehr denn je das beneidenswerte Leben.

Bei der Heimkehr von der Stadt, nach den Verirrungen dort meist, wie wohltuend der Anblick des in der Wiese seiner Bestimmung nachgehenden »lieben Wesens«! während der

Freudentanz des Hundes knapp vor dem Auto selten nicht auf die Nerven ging: »So ein blödes Tun!« die Mutter, und sie verwünschte ihn ins Hundehütten-»Loch«.
Wenn man den Hund zu sich rief, tat man es nicht fast immer nur aus Mitleid wie mit einem zu dieser Existenzform Verdammten? Und wie da der Mensch den Hund erlebte, schritt so nicht die Katze hin und wieder eigens auf den Menschen zu?
Abends, wie oft »vor den Nachrichten«, das Sitzen draußen auf der Bank: das Blätterrauschen – wenn man die Augen schloß: als hätte es *draußen* geregnet – verwoben mit dem Nachsommerzirpen der Grillen; dahinter das Auffallen der Äpfel, Birnen und Nüsse; dahinter die Geräusche vom Dorf (hin und wieder ein Lachen, Stimmen, ein Fahrzeug). Und in der linden Luft tat es ihm leid um den Abend, so: allein.
»Jetzt werden sie halt raufen miteinander«, die Mutter zum Monatswechsel; und sie nahm den Nebel (»die Waschküche«) und den Regen als üblichen Waffengang des Oktobers gegen den September, des Herbstes gegen den vergehenden Sommer.
So viel Obst, daß die Äste bis zum Boden hingen; zum Teil vom Baum brachen, wenn sie nicht gestützt wurden. Manchen Apfel ließ die Mutter mit Absicht hängen: um einen trösten-

den Blickfang zu haben beim Hinausschauen später im Winter.
Abends vom Herd das Knacken, die Kastanien im Rohr (wie mit ihnen aus den stacheligen Fruchtbechern kollernd die Leute am Waldrand).
Im Herbstkatalog das bestimmte Spielzeug; und die Mutter: »Das würd mir gefallen: weil's nie hinunterfällt!« Und ihre Boxhaltung dem necklustigen Sohn gegenüber: die Arme angewinkelt, die Fäuste nebeneinander – wie der es einmal bei einem kleinen Mädchen auf einem Zeitungsfoto gesehen hatte.
Dann die Kunstblumen, Föhrenzapfen, das Moos auf der Stiege zum Keller: für die Allerheiligengestecke.
In der Stadt: hinter manchen Fenstern noch die Papierfähnchen vom Nationalfeiertag; im Bus das Kind mit einem der ersten Adventkalender, die es in den Geschäften gab; im Hörsaal am frühen Morgen bald die Rinnsalgeräusche in den Zentralheizungskörpern – Winterbeginn.
Der erste Schnee. Auf den Beeten im Garten zuerst als Erinnerungsbild die Kirschblüten, als »der Kirschbaum oberhalb vom Weg« noch gestanden war; die Schneehäufchen auf den Pelargonienblüten draußen vorm Fenster: in der Nässe zusammengeklebte Löwenzahnsamen; die Schneeflecken in der Wiese als

Schafgarbenkolonien; der Kalk um die bestimmten Bäume, dann: wie Schneereste – »Die haben nur so gespielt«, die Mutter.
Die ersten leeren Zweige der Linde, im Norden: von dort am häufigsten der Wind: die Endblätter auf manchen Ästen, als die letzten und wie ursprünglichsten Blätter, blütenartig. Nachts das erste Eismoos auf den Fenstern des Vorbaus. Die Bitte der Mutter um das »Vogelbuch«; und dann: »Der war da!« (der Gartenbaumläufer)
In der Stadt: die Schneekristalle im Haar einer wartenden Frau. Im Zug: das Mädchen, das mit dem Finger Schneeflocken auf das beschlagene Fenster zeichnete. Zu Hause, im noch kalten Zimmer: das Auflegen der Schallplatte – ein Geschenk der Freundin –, »niedergehockt wie zum Herd in der Küche« . . .
Es tat ihm wohl, sich das Jahr so vorsagen zu können. Er hatte sich die Jahreszeiten, die Monate überschaubar gemacht an dem Ort, wo er sich daheim fühlte, so wie er sich den Landstrich, in dem er lag, übersichtlich gemacht hatte.
Die Liebe der Mutter zur Natur: unaufdringlich; kein Eifer, einen dafür zu gewinnen, aber auch ohne sich stören zu lassen. Nur durch ihre Lebensführung hatte sie in ihm die Zuwendung für das Nächste, für die Dinge, die es da gab, und damit für die Dinge überhaupt, geweckt.

Für sie freilich war der Ort, wo sie lebte, die Welt (wie für ihn als Kind); alles andere ging tatsächlich über den Horizont ihrer Landschaft. Und sie wußte zum großen Teil nicht einmal die Himmelsrichtung, wo die Länder lagen, deren Namen sie im Fernsehen immer wieder hörte, es interessierte sie auch nicht.
Er hatte seine Kindheitsumgebung erlebt, wie man träumend nicht weiß, daß man träumt (wer nicht!); dann sich mit der Welt bis zu den entferntesten Galaxien beschäftigt; erst zuletzt nun den Ort, wo er aufgewachsen war, schon fast drei Jahrzehnte lang lebte, bewußt wahrgenommen.
Wie würde es weitergehen? Er hatte Angst vor dem Kommenden; dennoch wünschte er sich, möglichst alt zu werden. Täuschte er den steinigen Boden in ihm für etwas wie Freude auf die Zukunft nicht häufig nur vor? damit die Fruchtbarkeit dafür nicht zu früh erkannt wurde von den möglichen Feinden im Innern?
Verherrlichte er in allem, was er liebevoll zu beschreiben versuchte, nicht auch sich selbst? Die Bescheidenheit, die er fortwährend zeigte: bloß kokette Allüre? Soweit sie es war: »Weg damit!« dachte er, und: »Ich liebe mich! Schluß mit dem Versteckenspielen!« Und, als hätte er in Gedanken an jemanden einen Brief aufgesetzt, unwillkürlich das Hinzufügen der »Herzlichen Grüße«.